*João Silvério Trevisan*

# Im Namen der Begierde

**BRUNO GMÜNDER**

Übersetzung ins Deutsche: Mechthild Blumberg
© 1989 Bruno Gmünder Verlag
Lützowstraße 105-106
Postfach 30 13 45
D-1000 Berlin 30

Originaltitel: Em Nome do Desejo
© 1983 Editora Codecri Ltda.
Rio de Janeiro, Brasil.

Lektorat: Marcelo Strumpf
Umschlaggestaltung: Stefan Adler, Renato de Medeiros
unter Verwendung des Werks
*Autoportrait au totem* von Pierre et Gilles, Paris
Satz: Typress, Berlin
Druck: Fuldaer Verlagsanstalt

ISBN 3-924163-44-8

BITTE FORDERN SIE UNSEREN BILDPROSPEKT AN!

# Inhalt

*Dies die Leidenschaft laut Spinoza: Die Begierde (An-*
*strengung, im Sein zu verharren) definiert sich nicht als*
*eine Leidenschaft mehr, sondern als die Bedingung aller*
*Leidenschaften. Einfach deshalb, weil es die Begierde*
*selbst ist, die sie in der Phantasie hervorbringt. Von daher*
*leidet die Seele nicht an Leidenschaft. Für Spinoza ist die*
*Seele vollständig Leidenschaft. (Aus dem Tagebuch Jean-*
*Paul Carraldos)*

*- Seid Ihr Christ?*
*- Nein. Ich bin mutig, ich bin stark, ich bin ein Sohn des*
*Todes.*
*(Oswald de Andrade)*

*Es gibt Jungen und Mädchen, die beim Eintritt in die*
*Pubertät entdecken, daß sie gegen dem Strom lieben. Und*
*sie lieben trotzdem. Dieses Buch will ihrer Kühnheit ge-*
*denken.*

*Introitus*

Ich sehe mich ins Dunkel eintreten wie jemand, der in ein Heiligtum eindringt, begierig nach ein wenig Licht. Als ich die Lampe auf dem Tischchen anzünde, erschrecke ich. Vor mir finde ich eine ungewöhnliche Vase in Form eines menschlichen Schädels mit frischen, weißen Lilien. Lange betrachte ich diesen Zufall, von dem ich sehr gut weiß, daß er kein Zufall ist. Ich lege den Koffer auf den Stuhl. Ich nehme den Blouson heraus. Ich hole tief Luft. Und ich bemerke, daß ich von dieser langen Reise müde bin. Ich versuche, mich an die klösterliche Strenge des Gästezimmers zu gewöhnen, die in allen religiösen Häusern die gleiche ist. Ein Kruzifix an der Wand über dem Tischchen, ein Bett, vorbereitet mit weißen Laken, und der Nachttisch, auf dem sich, natürlich, ein Exemplar der Bibel befindet. Sofort kommt mir in den Sinn, daß die Bibel den beiden spanischen Mystikern, deren Gedichte ich in meinem Gepäck mitbringe, Gesellschaft leisten wird. Wegen des gelblichen Lichts kann ich die genaue Farbe der Wände nicht erkennen. Schon in jenen Zeiten war das Licht an diesem Ende der Stadt schwach. Deshalb kam mir der anfängliche Anblick des großen Hauses ein wenig makaber vor, als ich den Wagen vor dem Tor parkte. Schatten breiteten sich auf den rohen Ziegelmauern aus, Schatten hüllten die Allee aus Benjamin-Feigenbäumen ein, Schatten verdeckten den Eingang, den ich verheißungsvoll und wohlproportioniert in Erinnerung hatte. Erst nachdem ich die Allee durchquert hatte, konnte ich feststellen, daß sich anscheinend am großen, alten Haus nichts geändert hatte. Das Ocker der Mauerziegel wirkte, wie zu erwarten, noch verblichener. Auch die architektonischen Linien, die einen sakralen Stil nachzuahmen versuchten, waren immer noch unberührt. Unter den Schatten begann ich, gewisse vertraute Zeichen zu entdecken.

Und jetzt frage ich mich, warum ich eigentlich zurückkehren wollte.

Es gibt einen alten französischen Film, in dem der Held geduldig jeden einzelnen seiner besten Freunde und seiner Lieblingsorte besucht, um sich zu verabschieden. Am Ende schießt er sich eine Kugel in den Kopf. So ist's, Tragödien scheinen nur in Filmen vorzukommen. Obwohl jeden Tag und jede Sekunde jemand unter uns stirbt, bilden wir uns immer ein, der Ort des Schmerzes sei die Fiktion. Das Leben wird zum Raum für die Mittelmäßigkeit, welche die einen gut finden und die anderen nicht ertragen. Vielleicht, weil ich entdeckte, daß ich gesättigt war, beschloß ich, zu diesem Haus, in dem ich die intensivsten Jahre meines Lebens verbracht habe, zurückzukehren. Ich rief einen ehemaligen Mitschüler an, der in der Stadt Einfluß besaß, und bat ihn, mir hier für eine Nacht Unterkunft zu besorgen. Erst da erfuhr ich, daß das große, alte Haus sich vor langer Zeit in ein Waisenhaus verwandelt hatte. Sodaß die Schlafsäle jetzt von Dutzenden verlorener Kinder bevölkert sein werden. Vielleicht hat sich die Atmosphäre gar nicht so sehr verändert.

Ich empfinde eine Art zurückgehaltener Sehnsucht. Wer weiß, was ich finden will. Vielleicht einen geheiligten Ort auf dem Grunde meiner selbst, der manchmal nur eine Täuschung zu sein scheint. Trotzdem besteht immer die Möglichkeit, irgendeinen in diesen meinen vierzig Jahren vergrabenen Schatz zu finden. Die Erinnerung an Lots Frau, die zur Salzsäule erstarrte, als sie zurückblickte, ist unvermeidlich. Ich bin gekommen, um das gleiche Risiko einzugehen. Was würde es dort auf dem Grund geben, hinter dem Rauch?

Ich betrachte diesen eigentümlichen Schädel, der durch die Blumen, die ihm als Krone dienen, noch makabrer wird. Warum wohl gibt es immer menschliche Schädel an heiligen Orten? Es wird gesagt, daß es unter den Maya-Ruinen eine Arena gibt, deren Wände mit in den Stein gehauenen Reliefs menschlicher Schädel bedeckt sind, und wo die Opfer für den Totengott erbracht wurden. Hier sehe ich diesen Schädel an, als stünde ich vor einem Spiegel.

Und was werde ich dieser Darstellung des Todes, die mich betrachtet, sagen? Ich werde sagen, daß mir der Schmerz fehlt. Während all dieser Jahre habe ich gelernt, das Leiden auszutricksen, und heute bin ich fähig zu lächeln, als trüge ich auf ewig eine Reklame für Zahncreme auf den Lippen. Gestern habe ich mich wieder mal besoffen. Ich habe keine Ahnung, wo ich die Nacht verbracht habe. In einem Nachtclub, einem Motel, einem Massagestudio? Morgens habe ich telefoniert und bin mit dem Auto weggefahren. Auf der Landstraße war ich fast glücklich. Ich hielt erst wieder vor den Toren dieses riesigen Hauses, in dem ich vage ahne, daß ich auf der Suche nach einem Grundelement hergekommen bin.

Im Rückblick sehe ich mich mehr oder weniger so: Ich bin aufgewachsen, habe studiert, meine spezielle Aufgabe gefunden, habe geheiratet, Kinder gemacht, Bier an unzähligen Orten der Stadt getrunken, aber meine Karte habe ich jeden Morgen am gleichen Ort gestempelt.

Dieser Schädel erzählt mir von unerbittlichen Dingen. Vielleicht Erinnerungen an eine uralte Unerbittlichkeit. Verrückte Mystiker, die sich in Höhlen verkrochen, um das Antlitz Gottes zu schauen. Es wird kaum noch vom Kartäuserorden gesprochen, gegründet von irgendeinem Heiligen. In welchem Jahrhundert? Aber es gibt, sehr lebendig, einen gewissen Heiligen Johannes vom Kreuz und eine gewisse Heilige Theresa vom Kinde Jesu, auch bekannt als Unsere Theresa. Verrückte, deren himmlische Visionen sie vor unmöglicher Liebe schweben ließen. Und ihre verlorenen Verse, haben sie sich nicht in meinem Gedächtnis festgesetzt? Warum?

»Du, der mein Herz verwundet,
Warum es nun so ungeheilt verlassen?
Und da du's mir entwendet,
Warum es liegen lassen,
Und nicht den Raub, den du geraubt, auch fassen?«

Nein. Ich habe schon seit langem aufgehört, an so verrückte Träume zu glauben. Und seit langem fehlen sie mir. Mein Gott, wie soll man so viel Liebe wiederfinden?

Ja, ich gebe zu, daß ich geflohen bin. Ich kann nicht schlafen. Ich verweigere den alten Frieden. Seltsame Gefühle überkommen mich an diesem Ort, der von meinen Gespenstern bewohnt ist. Wer sind sie, die meine Tür aufbrechen?

Vor fast dreißig Jahren habe ich hier gelebt. Jetzt kehre ich zu den Ursprüngen zurück. Was suche ich? Dieser Schädel antwortet mir: Ich versuche, ein Geheimnis zu entziffern.

Ein Gedanke, der mir kommt, während ich die Augenhöhlen dieses Schädels betrachte: Könnte die Sehnsucht zu überleben, nicht eine plumpe Form sein, das Leben zu töten?

Ich fürchte, sie sind Feinde, das Leben und die Leidenschaft. Wenn ein Risiko darin liegt, sich zu verlieben, dann deshalb, weil sich hier das Leben bedroht fühlt. Gegensätze, die die gute Laune nie gelöst hat.

Ob dieses Haus immer noch das gleiche ist?

Ich erinnere mich und weiß nicht, ob die Zeit die Anordnung der Räume verändert hat. Vier Klassenzimmer, zwei auf jeder Seite des Haupteingangs. Links vom Betrachter die Bibliothek. Rechts die Pförtnerloge für den Besuch und dahinter das Rektorat. Der Mittelgang durchquert das Gebäude von einer Seite zur anderen und verbindet den Außenhof (auf der linken Seite) mit der Kapelle (auf der rechten Seite). Dahinter folgen: auf der linken Seite der Schlafsaal der Kleinen (wo die Sonne morgens hineinschien) mit dem Zimmer des Spirituals in der Ecke; auf der rechten Seite der Schlafsaal der Großen (wo die Sonne nachmittags hineinschien) neben dem Zimmer des Rektors. Wenn man die Schlafsäle, die riesig waren, durchquerte, waren auf der einen Seite Kleiderkammer, Waschraum und Krankenzimmer der Kleinen. Auf der anderen Kleiderkammer, Waschraum und Krankenzimmer der Großen. Zwischen den Waschräumen befanden sich auf beiden Seiten die Studiersäle der Großen und der Kleinen, verbunden durch eine einzige Tür, die selten geöffnet wurde, um, wie es hieß, gefährliche Vermischungen zu verhindern. Da das Gelände ein deutliches Gefälle aufwies, gab es auf beiden Seiten des Gebäudes hinter den Schlafsälen Keller, die dort, wo sie begannen, noch zu niedrig waren und als Lager für Plunder benutzt wurden. Im letzten Drittel des Gebäudes jedoch waren die Keller hoch und gut genug, um ohne Probleme genutzt zu werden. Unter den Kleiderkammern befanden sich also die jeweiligen Lager für Schuhe und für Sportgeräte. Und im Hintergrund des zu ebener Erde gelegenen Teil des Hauses die Unterkunft der sechs Nonnen, die Küche und das allgemeine Refektorium. Dieses war mit dem Innenhof verbunden, der, von einem falschen Säulengang umgeben, sich nach links zum Außenhof und nach vorn zum Mittelgang hin öffnete. Auf dem Außenhof wiederholte sich die gleiche Säulenreihe in dem Versuch, den klösterlichen Ton des Gebäudes zu betonen, das dafür eigentlich viel zu alltäglich war. Rechts hinten im Erdgeschoß befinden sich bis heute die Gästezimmer, fast ohne Verbindung mit dem Rest des Hauses. In einem von ihnen halte ich mich gerade auf. Hier kann man leicht das Gefühl völliger Isolation bekommen. Es gibt keinerlei Autogeräusche, denn auch bei Tage kommen selten Wagen in diesen vom Zentrum weit entfernten Vorort. Ich höre nur den Wind in den Bäumen. Ach ja, im Eukalyptushain. Auf der linken Seite des Geländes lag der Fußballplatz, umgeben von einem Eukalyptushain, dessen vertrautes Geräusch ich jetzt höre. Auf der rechten Seite lagen der Schweinestall, der Hühnerstall und der Gemüsegarten, genau hinter der Kapelle. Und Mauern. Vorn, hinten und an den Seiten des rechteckigen Geländes, Mauern, die die Grenzen der Welt absteckten.

Ich betrachte den mit Lilien gespickten Schädel. Entsetzen, Ängste, Panik. In diesen vierzig Jahren habe ich mich in einer Art Treibsand versinken lassen, oder, wer weiß, vielleicht nur in einem Tank lauen und betäubenden Alkohols. Wann begann diese Notwendigkeit, Wünsche und Absichten zu ersticken, um das zu leben, was ich gelernt habe, als »vernünftiges Leben« zu bezeichnen?

Schlaflosigkeit. Es wäre unlogisch zu erwarten, daß ich schlafen könnte, wenn ich doch gerade deshalb hierher kam, um mich zu erinnern. Hellwach und gänzlich ohne Frieden.

Ich frage mich, was das ist, was sich Leidenschaft nennt.

Ich glaube, ich finde hier klitzekleine Erinnerungen an die Leidenschaft. Wertvolle.

Ganz am Anfang steht ein Junge. Intensive Erinnerungen an die Zeiten, in denen ich einfach nur das Spätzchen war. Ich erschaudere. Fühle Überreste meines vulkanischen Zentrums. Ich hatte es fast vergessen. Die Wahrheit ist, daß ich über diesen Jungen Steine häufte, und Spätzchen am Ende begraben war. Notgedrungen mache ich hier meine archäologische Untersuchung. Irgendetwas beginnt hier wieder in mir zu atmen. Durchdringende Düfte.

Der Schädel ist unerbittlich. Seine weißen Lilien verströmen einen Duft, der mich betäubt, und die Leidenschaft hat einen seltsamen Namen, den ich behaatlich verdunkele. Ich spreche ihren magischen Namen aus. Jugendtorheiten, wurde gesagt. Jetzt muß ich daran zweifeln. Es gibt einen gewissen Abel. Ich probiere, seinen Namen auszusprechen.

Vor diesem Spiegel höre ich Stimmen. So viele Stimmen, daß es mich verwirrt. Kindliche Klangfarben, aber auch im Stimmbruch: Klänge heiserer Hühnchen. Geräusch von Glocken. Pfiffe. Gemurmel schläfriger Gebete nach dem Mittagessen und vor dem Schlafengehen. Ersticktes Weinen, mitten in der Nacht. Schnarchen. Schwaches Wimmern. Wildes Geschrei.

Also betrachte ich mich dort, vor meinen Augen treibend. Zu dieser Nachtzeit sehe ich, daß sich meine Augen durch einen beunruhigenden Nebel trüben. Ich bin Zuschauer meiner Angst, in giftige Gase gehüllt zu sein, in unförmige Dinge aus der Vergangenheit. Öffne meine Truhe alter, muffiger Phantasien. Und ersticke vor Rührung gegenüber dem, was ich sehe.

Was ist zwischen Spätzchen und einem gewissen Abel wirklich geschehen? — höre ich mich den blühenden Schädel fragen. Es gibt dort geheimnisvolle Verflechtungen. Werde ich gezwungen sein, über die Existenz des Geheimnisses noch einmal nachzudenken?

Also gut, gekrönter Schädel. Ich folge meinen Schritten, wie sie im Zimmer, das von der Schlaflosigkeit verklärt wurde, kommen und gehen. Ich bin das, was war, und das, was kam. Ich sehe mich links. Und rechts mein Doppel, ich selbst. Ich leide aus reiner Angst an fremden Spannungen. Dann bin ich Zuschauer meiner Kapitulation. Ich sehe meine Hände, wie sie sich vor dem Gesicht falten, und bin machtlos, mich nicht der Beichte hinzugeben, vor diesem weisen Schädel sitzend, der blüht. In einer ersten inneren Geste entdecke ich mich, wie ich an die großen menschlichen Gefühle denke. Es gibt jene Wesen, die beim Anblick der Erde aus der Höhe der

Raumschiffe in Verzückung geraten. Seltene, beneidete Anblicke. Es gibt auch diejenigen, die, ohne sich zu bewegen, die gleiche Entfernung betrachten, wenn sie von Antlitz zu Antlitz dem Tod gegenüberstehen. Aber sie können von diesen letzten Augenblicken nicht erzählen, die ungewöhnlich sind, weil an der Grenze zwischen dem Schmerz und dem Nichts. Sie sterben mit ihrem Geheimnis. Dieser jedoch, den ich mit hängendem Kopf vor dem Schädel (seinem Spiegel) sehe, bewahrt heraufbeschwörend Erinnerungen. Ich spüre, daß er in diesem Morgengrauen von irgendetwas besessen ist und das, was in seinen Gedärmen rumort, beichten will. Plötzlich ahne ich in seinem Inneren eine unbekannte Euphorie. Ich glaube, er hat sich davon überzeugt, daß er auf seine Weise große Gefühle erlebt hat. Es ist wahr: Er ist besessen. Ich sehe, daß dieses durch das Gespenst der Vernunft narkotisierte Wesen die Regeln herausfordern will. Wie ein rundes Reptil akzeptiert es, in die fürchterlichen Meere der enthüllenden Schlaflosigkeit zu tauchen. Wieviel Mut für ein Reptil! Es hat sich endlich entschlossen, alte Gerippe zurückzugewinnen.

Also gut, ich sehe mich in den Bereich meiner Leidenschaft vordringen. Dieser, der den mit Lilien besetzten Schädel betrachtet, hat keine Angst, Salzsäulen auf dem Weg zu finden. Schon ist er unabänderlich in Nebel gehüllt. Ich folge seinen Schritten auf dieser Reise oder Ausgrabung.

# Vom Gehorsam und anderen Geheimnissen

**- Sagen wir, hier beginnt ein rücksichtsloses Hinabsteigen in die Tiefen des Herzens. Sind viele Geheimnisse darin verborgen?**

- In jener Zeit war das Herz ganz genau eine aus Geheimnissen gewebte Decke. Und die Geheimnisse bildeten ein Drama, denn es hieß, daß Gott alles lenkte.

**- Wie es in Jesaja 40,22-23 beschrieben ist?**

- Ja. Jener Gott, »der über dem Erdkreis thront, wo die darauf Wohnenden wie Heuschrecken sind; der den Himmel ausbreitet wie einen Schleier und ihn spannt wie ein Zelt, in dem man wohnt, der die Fürsten preisgibt, daß sie nichts sind und die Richter auf Erden zunichte macht.« Allmächtig und unversöhnlich.

**- Jedes Drama spielt sich auf einer Bühne ab. Welches war die Bühne jener Zeiten?**

- Der gleiche Ort, an dem ich mich jetzt befinde. Zeitraum: vor mehr als fünfundzwanzig Jahren, fast dreißig. Und es scheint gestern gewesen zu sein.

**- Welches waren die Figuren dieses schon alten Dramas?**

- Knaben und Heranwachsende, zwischen 10 und 15 Jahren, insgesamt höchstens sechzig Köpfe, die dachten, einem Ruf Gottes folgend dort zu sein, um seine Diener und Stellvertreter zu werden.

**- Jeder Knabe konnte ein Diener Gottes werden?**

- Ja, solange er auserwählt war.

**- Wie wußte ein Knabe, daß er auserwählt war?**

- Indem er den Katechismus befragte, der sagen würde: Wenn er fühlt, daß er berufen ist, wenn er ein Freund des Gebetes ist, wenn er rein und fleißig ist und wenn er gesund ist. Aber das ging nicht über den toten Buchstaben auf dem Papier hinaus. In der Praxis nahmen diese Fragen ziemlich andere Färbungen an. Viele Knaben wurden durch familiären Druck berufen — sei es, weil die Mutter das Gelübde abgelegt hatte, einen Priester als Sohn zu haben, sei es, weil das Studium der berufenen Söhne kostenlos war.

**- Woraus noch bestand der Auftrag eines Stellvertreters Gottes in der Praxis?**

- Da der Auftrag, Gott auf der Erde zu vertreten, nicht nur ehrenvoll, sondern auch mühsam war, lernten die Knaben hart, die Rolle der Auserwählten auszufüllen. Schließlich würden sie Gott selbst nachfolgen, der aus Liebe zu den Menschen Fleisch geworden war, gelitten hatte und gekreuzigt wurde. Und die Menschen zu lieben war eine Aufgabe, die nicht nur schwer, sondern auch gefährlich war — wie wir sehen werden. Genau wegen dieser Gefahren waren die Auserwählten in Große und Kleine eingeteilt: zwischen 10 und 13 Jahren die Kleinen, ab 13 Jahren die Großen. Die Zahl der Kleinen war größer. In dem Maße, wie sie wuchsen, fielen die Knaben von der göttlichen Berufung ab — manchmal auf eine gar nicht elegante Weise: Sie wurden zum Beispiel wegen schlechten Betragens hinausgeworfen. Deshalb gab es weniger Große. Was als normal angesehen wurde: Unter den vielen Berufenen waren nur wenige auserkoren.

**- Wie hieß der Ort, an dem die zukünftigen Stellvertreter Gottes vorbereitet wurden?**

- Das war das Seminar. Daher wurden die Auserwählten, die auf dieser Bühne spielten, Seminaristen genannt.

**- Man kann davon ausgehen, daß jedes Drama einen oder mehrere Hauptdarsteller hat. Wer war es hier?**

- Um nicht zu sehr vorauszugreifen, erwähne ich zuerst, daß der erste Hauptdarsteller ein empfindsamer und zarter Knabe war, gerade erst in die Gruppe der Großen aufgenommen, da er eben dreizehn Jahre alt geworden war. Sein Name ist, bis heute, João. In jener Zeit wurde er manchmal Joãozinho genannt. Doch er war bekannter als Spatz, weil sein Gesicht voller Sommersprossen war, die an den Vogel erinnerten. Von Spatz konnte der Name zu Spätzchen überge-

20

hen, da er klein war — eine kleines Spätzchen eben. Wenn mein Gedächtnis mich nicht täuscht, handelte es sich um einen schüchternen Jungen, zerfressen von einer Leidenschaft, die endlose Liebesobjekte umfaßte, und der durch eine übertriebene Ehrlichkeit gelenkt wurde, die ihn sehr häufig zum Opfer fast auswegloser moralischer und geistlicher Skrupel machte. Er würde das dritte Gymnasialjahr beginnen und sein Herz würde in diesem Jahr ein fast atomares Bombardement von Entdeckungen erleben. Was den zweiten Hauptdarsteller anbelangt, so hieß er Abel — Abel Rebebel, ein gewiß bezaubernder Name. Da er viel später die Szene betreten wird, werde ich mich erst nachher mit ihm befassen. Inzwischen reicht es zu sagen, daß Abel Rebebel geschaffen wurde, um nie vergessen zu werden. Deshalb übersteigt seine Bedeutung die Ziegeln der Mauern, besiegt die Unausdehnbarkeit der Zeit und durchbohrt die Steine des Herzens.

**- Was war die Handlung dieses Dramas?**

- Handlung scheint etwas aus der Mode heutzutage. Da es sich aber um alte Erinnerungen handelt, ist die neueste Mode nicht sehr wichtig. Es reicht also zuzugeben, daß es wirklich eine Art Handlung gibt. Noch schlimmer: eine Liebesgeschichte. Vielleicht wird mir die Anschuldigung, ein Nostalgiker zu sein, erspart, wenn ich hinzufüge, daß die Liebesgeschichte nur ein Vorwand ist, um von den großen Leidenschaften des Fleisches und des Geistes zu reden, jenen, die nur in der Pubertät vorkommen — einem Alter, in dem die Menschen ihre radikalsten Tauchfahrten erleben, weil sie gerade erst die Bühne betreten, nur mit einer zerbrechlichen Rüstung von Wünschen bekleidet, die so unersättlich wie unschuldig sind. In diesem Fall konzentrierten sich diese jugendlichen Leidenschaften in noch stärkerem Maße, da sie innerhalb hoher Mauern zurückgehalten wurden, aus denen man nur zu ganz besonderen Gelegenheiten herauskonnte; die gesamte Wirklichkeit befand sich dort drinnen. Zu diesen eigentlich physischen und physiologischen Elementen füge man einen unverhohlen mystischen Umstand hinzu: Es handelte sich um sechzig Knaben, eingesperrt auch zwischen geistigen Mauern, in denen in erster Linie für Gott gelebt wurde.

**- Es wurde gesagt, daß das Drama sich aus Geheimnissen zusammensetzte. Welches waren diese Geheimnisse?**

- Die Geheimnisse waren Dinge jenseits der Vorstellungskraft der Auserwählten und höher als ihre Vernunft. Es handelte sich um Dinge, die manchmal beängstigend und manchmal wunderschön waren, aber immer unerklärlich. Deshalb verlangten sie den Glauben, der blind sein mußte. Vor allem glänzte das Wort Geheimnis, wenn man daran dachte, wie ein Zauberstab: Berührte er etwas, so verwandelte es sich in ein Geheimnis.In jener Zeit gab es an jedem Ort des Priesterseminars ein Geheimnis: in der Kapelle (wo Gott, der unermeßlich sein sollte, auf geheimnisvolle Weise ein Kästchen bewohnte, das »Allerheiligstes« hieß), und im Schlafsaal (wo das Geheimnis sich unter jeder Bettdecke und jedem Pyjama befand, vielleicht in Form der Sünde), aber auch im Refektorium, im Studiersaal (denn es war ein Geheimnis, nach dem Mittagessen lernen zu können oder den Vorträgen des Rektors zuzuhören), und in den Klassenzimmern (wo es nicht zu entziffernde Geheimnisse der Mathematik gab und gewisse Geheimnisse in der unregelmäßigen Konjugation der lateinischen Verben). Geheimnisse waren ebenso die Befehle, die die Patres Superiores gaben, und über die nicht diskutiert werden konnte, bei der Strafe, den Glauben zu verlieren — und der Glaube war voll von geheimnisvollen Wahrheiten, nur Gott bekannt und nur durch ihn offenbart.

**- Aber wer war Gott? Wie soll man zum Beispiel verstehen, daß ein und derselbe Gott durch so verschiedene Patres Superiores repräsentiert werden konnte? Wie Gott über alles lieben, ohne auch nur zu wissen, wo Gott sich befand?**

- Dies alles und noch viel mehr wurde nur durch den Glauben erklärt, so daß der Glaube selbst aus reinem Geheimnis bestand. Aber es gab auch Geheimnisse im Herzen der Bürschchen und Jungen, die sich, wie sie eben konnten, die neuen und komplizierten Dinge, die sie entdeckten, erklärten. Der beunruhigendste Fall von Geheimnis war, den Nächsten über alles zu lieben, ohne sich in ihn zu verlieben und ohne den ganzen Tag mit ihm zusammen verbringen zu dürfen, in den Pausen mit ihm zu spielen und im Studiersaal zu lernen und sogar im gleichen Bett zu schlafen, immer an seiner Seite, genau deshalb, weil er die ganze Zeit und über alles geliebt wurde, so wie Jesus gesagt hatte: — »Daß Ihr Euch lieben sollt, wie ich Euch geliebt habe.«

**- Welche Art Geheimnisse gab es in bezug auf den Nächsten?**

- Es gab genußvolle, schmerzliche und glorreiche. Die genußvollen waren die, wenn man es schaffte, ein bißchen bei dem sehr geliebten Nächsten zu bleiben, ohne daß jemand die Stärke der Leidenschaft bemerkte oder kritisierte; es war auch ein genußvolles Geheimnis, nach dem Abendbrot neben ihm auf den Fußballplatz zu gehen und dabei seine duftende Anwesenheit zu spüren und mit dem Augenwinkel seine anmutige Art, zu gehen und den Rosenkranz zu beten, zu erspähen. Die schmerzlichen Geheimnisse waren unangenehm und schrecklich: Wenn man zuviel Sehnsucht hatte und kein Trost möglich war, noch nicht einmal, wenn man die Augen schloß, um sich vorzustellen, daß der Geliebte kam; oder wenn man nicht sicher wußte, ob die Liebe zum Nächsten vom so sehr Geliebten erwidert wurde; aber das schmerzlichste Geheimnis von allen war, den Nächsten aus ganzer Seele zu lieben, und aus diesem Grund gegen die Keuschheit zu sündigen — wie: sich den Nächsten nackt vorzustellen oder versteckt nach seiner Hand zu greifen oder, schon verrückt vor Liebe, während einer Filmvorführung das Geschlecht des über alles geliebten Nächsten zu betasten; da wurde das Geheimnis äußerst gefährlich und konnte sogar den Hinauswurf aus dem Seminar zur Folge haben, natürlich abgesehen davon, daß es eine der tödlichsten Sünden mit sich brachte.

**- Und die glorreichen Geheimnisse?**

- Ah, die geschehen unglücklicherweise nur selten. Wenn ein Knabe den Nächsten liebte wie sich selbst und der Nächste ihn auch liebte wie sich selbst und sie das Geheimnis für sich behalten konnten, mit allem Vertrauen, und sich unermüdlich lieben konnten, ohne Angst. Dann hatte man den Eindruck, in den Himmel aufzusteigen, um über allen Engeln und Heiligen gekrönt zu werden. Nur in diesen Momenten schien sich das Geheimnis ein wenig zu zerstreuen und ließ erkennen, warum man so sehr litt, wenn man dem Gebot Christi entsprechend liebte.

**- Bedeutet das, daß die Laufbahn des Auserwählten viel Anstrengung verlangte?**

- Ja, die Auserwählten mußten mit Feuer und Schwert vorbereitet werden. Für Knaben, die gerade aus ihrer Kindheit angekommen waren, handelte es sich um eine Zeit der Prüfung, wo die oberste Regel hieß zu gehorchen. Den Patres Superiores, der Hausordnung, den Stundenplänen. Die Autorität der Superiores drückte sich zum Beispiel im Recht aus, alle Briefe, die die Seminaristen empfingen, zu lesen und sie eventuell zu zensieren, bevor sie ihren Empfängern ausgehändigt wurden; ebenso lasen sie die von draußen geschickten Bücher und erteilten den Vermerk *durchgesehen*, womit ihre Lektüre den Großen oder Kleinen erlaubt wurde; nicht selten verboten sie gewisse Werke, die die Verwandten selbst den Kindern schickten, als gefährlich oder zu weltlich. Sogar in der kleinen Bibliothek des Seminars gab es Bücher, die für gewisse Altersstufen unangemessen waren (zum Beispiel das Alte Testament) und andere, die gänzlich verboten waren, eingeschlossen in einem als »Höllchen« bekannten Schrank, und deren Lektüre nur den Superiores und Lehrern erlaubt war. Einige Bücher, die ihren flammenden Rücken im Höllchen zur Schau stellten, waren: *»Confiteor, die Elenden, so tötete ich meinen Sohn«*, *»Der andere Weg«*, *»Sehet die Lilien auf dem Felde«*, *»Blütezeit in den Bergen«*, *»Der Mensch, dieser Unbekannte«*. Die Hausordnung wies ausdrücklich auf die Natur und die Notwendigkeit dieser Verbote hin, um die Reinheit des Geistes der zukünftigen Diener des Herrn zu erhalten.

**- Und die Stundenpläne, wie mußten sie eingehalten werden?**

- Es gab drei Zeichen: die zwei ersten, mit einer Klingel, waren die Vorwarnung für das dritte, das wie ein schriller Pfiff gegeben wurde, bei dessen Klang alle herbeieilten, um eine Reihe zu bilden. Die Hausordnung sah Strafen für denjenigen vor, der zu spät in der Reihe erschien.

**- Wie sah der vorgesehene Tagesablauf dieser Auserwählten aus?**

- Mehr oder weniger so: Sie standen in der Woche um halb sechs auf (an den Sonntagen eine Stunde später). Um sechs gingen alle in die Kapelle, wo das Morgengebet gesprochen wurde. Danach fand eine gemeinsame Meditation statt, gefolgt von der Messe und einem kleinen Dankgebet. Um halb acht Frühstück im Refektorium — Milchkaffee, Brot mit Butter. Um acht Uhr Beginn des Unterrichts, der bis 11.55 dauerte, mit einer Pause von zehn Minuten um 9.50 für eine schnelle Vesper auf dem Hof (Brot und Banane). Um zwölf Uhr Mittagessen, gefolgt von einem kurzen Besuch des Allerheiligsten in der Kapelle. Um 12.30 begannen die obligatorischen gemeinschaftlichen Arbeiten: Reinigung des Hauses, des Schweine- und Hühnerstalls, Pflanzen, Mähen und Ernten im Gemüsegarten, und Reparatur von Sportgeräten. Um 13.30, die erste Studierstunde, die Pflicht war. Um 14.30 Pause für schnelle Vesper (Brot und Kuchen, der auch Ziegelstein genannt wurde, in Anspielung auf seinen fast rohen Teig). Um 15 Uhr begab sich eine Gruppe abwechselnd zur vorgeschriebenen längeren Studierstunde, während die anderen Fußball spielen gingen. Montags, mittwochs und freitags waren es die Großen, die spielten; dienstags, donnerstags und samstags die Kleinen; nur sonntags gab es zu verschiedenen Zeiten Fußball für beide Gruppen. Diejenigen, die nicht gerne Fußball spielten, konnten eine Art Tennis oder Volleyball spielen — wobei Volleyball von der Gruppe der Schwächlinge bevorzugt und deshalb als niedere Sportart betrachtet wurde. Um 17.30 wurde zu Abend gegessen und gemeinsam im Refektorium selbst der »Angelus« gebetet. Um 18 Uhr war obligatorische Pause, in der es zweimal pro Woche Spiele gab, die ebenfalls Vorschrift und nach Großen und Kleinen getrennt waren. Dort geschah das berühmte »Flaschenspiel«, Schrecken der Schwachen und Unterdrückten. Um 19 Uhr, durch das Spiel erschöpft, beteten die Schüler den Rosenkranz, in Gruppen oder einzeln, und nur an den Samstagen wurde der Rosenkranz unerbittlich auf Lateinisch gebetet, mit der gesamten Gemeinschaft auf dem Hof, in vier Parallelreihen, hin und zurück, in einer Choreographie, die gut als heilig bezeichnet werden konnte: Pater Noster hin, Ave Maria gratia plena zurück, bis die Zehn voll und man beim nächsten Pater Noster angekommen war, das weitere zehn Ave Marias einleitete. Schon waren die Nummern, Bewegungen und Stimmen schlaftrunken, deren Latein auf ferne, unbestimmte Zeiten der Christenheit verwies. Um 19.30 mußte wieder für eine Weile zum Studieren nach oben gegangen werden. Um 20.30 begab sich die Gemeinschaft in die Kapelle, wo das Abendgebet gesprochen wurde, und gleich danach trank man auf dem Korridor Tee und man ging in die Waschräume, wo jeder zehn Minuten für die abendlichen Waschungen hatte. Um 21 Uhr erloschen unweigerlich die Lichter, und es wurde geschlafen. Für die Großen allerdings gab es eine freiwillige Studierstunde bis 22 Uhr, schon im Pyjama.

**- Und sorgte die Hausordnung auch für irgendwelche Abwechslungen?**

- Die Hausordnung sah vierzehntägige Ausflüge vor, mit einer Wanderung zum nächstgelegenen Strand. Einmal pro Monat gab es einen besonderen Ausflug zu weiter entfernten Landgütern, Feldern und Bergen, was große Ereignisse für die gesamte Gemeinschaft waren. Besuche von Eltern und Verwandten durften außer in besonderen Fällen ausschließlich an jedem zweiten Sonntag im Monat empfangen werden. Das war ohne Zweifel eine der traurigsten Seiten der Hausordnung. Sehr oft konnten die Seminaristen Besuche nicht empfangen, da sie in Unkenntnis der Vorschriften an den falschen Sonntagen kamen. Das einzige war dann, im Bad vor Sehnsucht zu weinen und irgendein Paket zu umarmen, das die Verwandten dagelassen hatten, ohne es persönlich übergeben zu können. Man weinte vor Sehnsucht, aber auch vor Wut. Gott schien ein Henker zu sein.

**- Wurde in der Hausordnung alles geregelt?**

- Fast alles. Nach der Hausordnung — ein Büchlein, das jedem Novizen an seinem ersten Tag im Seminar übergeben wurde — war die Unterhaltung zwischen Großen und Kleinen verboten, mit Ausnahme von einigen wenigen Gelegenheiten: Während der gemeinschaftlichen Arbeit um 12.30 und am Ende der obligatorischen Pause am Abend, wenn man den Rosenkranz allein, in Gruppen oder zu zweit beten durfte, während man immer auf dem Fußballplatz umherging. Abgesehen davon, daß sie getrennte Schlaf- und Studiersäle hatten, belegten Große und Kleine auch auf dem Pausenhof verschiedene Ecken und nahmen im Refektorium getrennte Plätze ein. Natürlich war es einem Kleinen verboten, den Schlafsaal der Großen zu betreten und umgekehrt. Es war verboten, sich außerhalb der Pausen, egal in welchem Gebäude man sich befand, zu unterhalten. Das obligatorische Schweigen endete erst, nachdem man auf dem Außenhof angekommen war und »Deo gratias« auf das »Deo gratias« des Disziplinarpräfekten geantwortet hatte. Das Reden war nach der Pause um sieben Uhr abends überall verboten. Es war verboten, den Schlafsaal, Refektorium oder die Studiersäle außerhalb der dafür vorgesehenen Zeiten zu betreten. Es war verboten, während der Mahlzeiten zu sprechen, außer an Sonn- und Feiertagen. Beim Mittag- und Abendessen gab es regelmäßig Lesungen von Büchern über die Abenteuer und das Leben der Heiligen, und bevor das Abendessen beendet war, wurde täglich das Martyrologium Romanum gelesen, um die Heiligen des Tages anzuzeigen und ihre Leiden und Tugenden zu verkünden. Es war strengstens verboten, in der Kapelle vor dem Allerheiligsten zu sprechen. Noch strenger verboten war es, die Torschwellen des Seminars zu überschreiten und in die »Welt« hinauszugehen. Außerhalb der Ferien durfte man nur bei besonderen Gelegenheiten hinaus: zu den gemeinschaftlichen Ausflügen, den Prozessionen in der Zeit der Fürbitten, zu Arztbesuchen oder feierlichen Messen in der Stadt. Am strengsten verboten war es, Privatfreundschaften zu haben und während der Pause Händchen zu halten. Fragte man ihn, warum, so würde der Rektor antworten: »Non clericat« — es ziemt sich für Kleriker, also für Seminaristen, aus Gründen der Keuschheit nicht, und der Griechischlehrer würde sich beeilen, dem hinzuzufügen: »Soma sema«, womit er hätte sagen wollen, daß der Körper ein Grab ist.

**- Suchte man mit diesem Aufstieg zur Vollkommenheit den Tod aller Sünden?**

- Man suchte den Tod aller Sünden. Und der Körper war ihr Grab.

**- Auf wieviele Arten sündigte man zu jener Zeit?**

- Auf viele. In Wirklichkeit auf unendliche Arten. Man sündigte aus Faulheit, aus Neid, aus Völlerei, aus Lüsternheit, aus Unzucht, aus Stolz, aus Eitelkeit, aus Unreinheit, aus Gotteslästerung, weil man über den Nächsten gemurrt hatte, aus Unterlassung, durch Gedanken, Worte und Werke, läßlich oder tödlich. Um die Sünde zu bekämpfen und die Tugend zu kräftigen, wurde die Waffe der Hausordnung und der Disziplin benutzt. Daher war es außer in den Pausen Pflicht, die Schuluniformjacke zu tragen. In einer Reihe zu laufen war ebenfalls Pflicht, wenn man gemeinsam von einem Ort zum anderen ging: zwei Reihen, mit zwei Metern Abstand von einer zur anderen und einem halben Meter zwischen einem Schüler und dem nächsten; die Kleinen gingen vorn, die Großen hinten. Es wurde empfohlen, den Rosenkranz zu beten, während man in den Reihen ging, denn das verbesserte die Note für das Betragen.

**- Was erwartete die Sünder?**

- Strafen. Laut Katechismus folgte gleich nach dem Tode das persönliche Gericht, denn das Weltgericht würde erst am Ende aller Zeiten stattfinden. Je nach dem Richtspruch gab es Himmel oder Hölle für die ganze Ewigkeit. Aber vor dem Tode gab es, im Seminar selbst, viele Strafen, die zwar noch nicht ewig, aber deshalb nicht weniger lausig waren. Aus der Reihe zu treten gab eine Strafe. Steinchen vor sich her zu schießen, während man in der Reihe ging, gab Strafe, sowie mit dem Nachbarn von vorn oder hinten zu tuscheln. Es wurde mit »Wand« bestraft, mit Ausschlüssen, mit obligatorischen Exerzitien, mit Isolierung und, in schweren Fällen oder Wiederholung, mit dem Hinauswurf.

**- Konnte man unter diesen Umständen von einem biblischen Fall sprechen?**

- Ja, denn hinausgeworfen zu werden bedeutete eine Art Erbsünde, gefürchtet wie der Tod oder die Verdammnis oder die Hölle. Der Vertriebene aus dem Paradies blieb isoliert und unansprechbar, solange seine Eltern ihn nicht abholten. Er aß nach den anderen, setzte sich in der Kapelle abseits und nahm nicht mehr an den Pausen teil. Von diesem Augenblick an verdiente er den entwürdigenden Beinamen »Ex-Seminarist«. Und er wurde in die »Welt« geworfen.

**- Hat es viele Hinauswürfe gegeben?**

- Ja, und zwar aus den verschiedensten Gründen. Einer der Großen wurde hinausgeworfen, weil er eine halbe Flasche Meßwein getrunken hatte, während er das Amt des Küsters ausübte. Ein anderer,

weil er heimlich rauchte. Noch ein anderer, weil er »*Die Elenden*«
las. Zwei wurden hinausgeworfen, weil sie sich in der Wäschekam-
mer küßten. Mehrere, weil sie beharrlich Privatfreundschaften unterhielten. Und es gab die berühmte Inquisition der Zwölf, die zehn
Tage dauerte und im Hinauswurf von zwölf Jungen gipfelte — wegen schwerstem kollektiven Vergehen gegen die heilige
Keuschheit.

**- Wie waren die übrigen Strafen, die dem Gericht Gottes voran-
gingen?**

- Vor dem persönlichen göttlichen Gericht gab es die alltägliche
Strafe der »Wand«: Die Knaben, die außer der Zeit redeten, die aus
der Reihe traten, die sich über das Essen beschwerten oder sich ver-
späteten, mußten während der Pause an einer Wand stehen und durften weder spielen noch mit ihren Kameraden sprechen. Unerbittlich
mußten sie stehen — und der Welt der Normalität von weitem zuse-
hen. Die Dauer der »Wand« hing vom begangenen Fehler ab: eine
Stunde, zwei Stunden oder zweimal zwei Stunden an aufeinander-
folgenden Tagen. Im Falle der Wiederholung oder der nicht genaue-
sten Befolgung der Strafe (zum Beispiel wenn man sich in der Zeit,
in der man an der Wand stand, unterhielt), konnte man mehrere
Tage unansprechbar sein — was die schlechteste Note im Betragen
bedeutete, dringende Warnung vor einem Hinauswurf. Eine andere
Strafe waren die Exerzitien, was sich von der Wand dadurch unterschied, daß man in der Kapelle bleiben und Heiligenleben lesen
mußte, natürlich ohne zu sprechen. Die Strafe der Exerzitien wurde
zu besonderen Anlässen angewandt: an einem gemeinschaftlichen
Ausflugstag oder an einem Filmabend (der einmal im Monat vorkam). Allerdings gab es für diese Strafe mehrere Entschädigungen,
besonders, wenn es viele Bestrafte gab, und die Disziplinarpräfekten und die Superiores sich den Film anschauten. Die Kapelle verwandelte sich dann in einen wundervollen Pausenhof, wo die Verurteilten sich unterhielten, lachten und umherliefen, wie sie wollten,
wobei sie sogar in die Sakristei eindrangen, um Hostien zu essen,
oder in den Chor stiegen, um Orgel zu spielen. Wenn es einige Auf-
geweckte unter den Bestraften gab, entstanden regelrechte Theater-
vorstellungen in der Kapelle, mit Nachäffungen von Totenmessen
(im allgemeinen für die Seele irgendeines Disziplinarpräfekten,

der besonders verhaßt war) und komische Imitationen der Patres Superiores. Da Gott alles sah, außer- wie innerhalb der Kapelle, zögerten die Knaben nicht, sich in seiner offensichtlichsten Gegenwart zu vergnügen. Sie gingen von der Annahme aus, daß sie dort nach Belieben die Hausordnung mißachten konnten, denn die Buße neutralisierte die während des Bußzustandes begangenen Sünden in ihrem Ursprung. Dies beweist zumindest, daß sie die Rudimente der christlichen Doktrin kannten.

**- Und was war mit dieser Betragensnote?**

- Es gab eine wöchentliche Note für das Betragen und eine monatliche für den Fleiß beim Lernen. Einmal pro Woche versammelten sich Ältere und Jüngere in den jeweiligen Studiersälen, um die Noten für das Betragen zu hören, die von den Disziplinarpräfekten mit lauter Stimme vorgelesen wurden. Beispiele für alltägliche Übertretungen, die die Note verschlechterten: den Mappendeckel im Studiersaal laut zuschlagen, den anderen berühren, außerhalb der Reihe laufen, außer der Zeit sprechen. Unterhalb der Note acht wurden schon Strafen verhängt, im allgemeinen ein halber Tag Unansprechbarkeit im Studiersaal. Die Strafe wuchs in dem Maße, wie die Note schlechter wurde. Unter drei mußte die Unansprechbarkeit an der Wand vollzogen werden. Es gab Schüler, denen es, da sie der schlechten Note eine große Zahl von weiteren Überschreitungen hinzufügten, wochenlang verboten war zu reden. Natürlich mußte die Strafe genauestens eingehalten werden, sonst verdoppelte sich die Zeit der Unansprechbarkeit. Wie im Falle eines Jungen, der »Feuerchen« hieß und der am Ende anderthalb Monate den Schnabel halten mußte, gerade weil er die schlechte Angewohnheit hatte, mit seinem Bettnachbarn zu reden. Eine sehr schlimme Sache.

**- Und was redete er alles zwischen den Bettlaken?**

- Es wurde nie bekannt. Jedenfalls war Feuerchen einer der zwölf Verurteilten und Hinausgeworfenen bei dieser Inquisition.

**- Welche Aufgaben hatten die Disziplinarpräfekten?**

- Sie sorgten dafür, daß die Hausordnung strikt befolgt wurde. Außerdem legten sie die kleineren Strafen fest und sorgten dafür, daß sie eingehalten wurden. Im Falle schwerer Strafen suchten sie den Rat und die Zustimmung des Rektors. Es gab vier: zwei für die Großen und zwei für die Kleinen. Alle sechs Monate benannte der Rektor neue Inhaber der Posten, gewählt natürlich unter jenen, die sein ganzes Vertrauen genossen. Obwohl sie immer der Gruppe der Großen angehörten, lebten die Präfekten der Kleinen mit den Kleinen zusammen, schliefen in ihrem Schlafsaal und lernten in ihrem Studiersaal. Die Präfekten waren mit der gleichen Autorität wie die Patres Superiores ausgestattet, als ihre legitimen Repräsentanten. Ein Beispiel: Um sich von der obligatorischen Pause zu entfernen, mußte man einen der Präfekten um Erlaubnis bitten; es war sogar nötig, um Erlaubnis zu bitten, um spontan in der Kapelle dem Allerheiligsten einen Besuch abzustatten (womit man seine Betragensnote verbessern konnte). Diese Autorität machte die Präfekten besonders gefürchtet. Auch, weil sie sie ausnutzten, um ihre Freunde und »Fischchen« (wie ihre Lieblinge genannt wurden) zu schützen — denn es war selten, daß ein Präfekt nicht mindestens ein Fischchen auftrieb, mit Vorliebe unter den Kleinen, zu deren Räumlichkeiten er freien Zugang hatte. Es gab auch jene, die von den Präfekten mehr verfolgt wurden, aus Feindschaft oder natürlicher Antipathie. In jedem Fall litten die Novizen und die Schwächeren im allgemeinen besonders in ihren Händen, denn es war für die Jugendlichen sehr einfach, sich vor den Novizen, die die Hausordnung schlecht kannten, oder vor denen, die zu zart wirkten, wie wirkliche Autoritäten zu benehmen.

**- Was war ein Novize?**

- Novize war derjenige, der gerade von draußen angekommen war und nichts von den örtlichen Regeln wußte, weshalb er allgemeine Verachtung verdiente. Außerdem war der Novize meistens ein weinerliches Bürschchen: Er öffnete den Mund wegen allem möglichen und rief nach der Mutter. Oder er weinte versteckt im Badezimmer, voller Sehnsucht nach seinem Zuhause. Die Neuankömmlinge verblieben für ein Jahr in dieser Kategorie und verlangten viel heilige Geduld vom »Engel«. Der Engel war derjenige Seminarist, der beauftragt war, einen Novizen zu empfangen und ihm alles zu zeigen:

von der Art, wie man sich in der Kapelle hinkniete, und wie eine Banane zum Nachtisch geschnitten wurde, bis zu den Hauptpunkten der Hausordnung. Jeder Novize hatte einen Engel und wurde sein Schützling. Es gab gute und schlechte Engel. Die guten wurden Freunde ihres Schützlings — aber es waren wenige. Die schlechten nutzten die Gelegenheit aus, um die Süßigkeiten, die der Schützling bekam, zu essen, um ihn mit erfundenen Repressalien zu bedrohen, um ihm Angst vor allem und jedem einzuflößen (»Hier ist Salpeter im Essen, und der, der zuviel davon ißt, wird schwul«), und um sich über ihn lustig zu machen, wenn er etwas falsch machte, in dem sie ihn »Dummes Fröschchen« nannten, und die Nachricht über den Fehltritt verbreiteten. Ein Neuling war das gleiche wie ein Fröschchen, denn er lebte noch nicht im Wasser, aber auch nicht mehr auf dem Land. Die Fröschchen waren blöd. Wenn sie in einen Kreis kamen, löste sich dieser sofort auf: Niemand konnte einem Bürschchen, das gerade schlecht und recht aus der Schale gekrochen war, vertrauen. Das Fröschchen mußte leiden ohne zu klagen, da es ja im nächsten Jahr die zukünftigen Fröschchen schlecht behandeln und verachten konnte. Fröschchen zu sein bedeutete ein Initiationsritus, in dem man eine Art innerer Beschneidung erlitt - ein gewisses ewiges Zeichen, eingebrannt am zentralen Punkt des Herzens. Es war der Anfang eines grausamen Schmerzes: den warmen Schoß der Mutter zu verlassen, um in eine Welt voller Unbekannter zu fallen, die einen quälten wie die Kannibalen.

**- Was tat der Disziplinarpräfekt sonst noch, außer die Gemeinschaft zu kontrollieren und die Fröschchen zu verfolgen?**

- Einer der Präfekten hatte gewöhnlich den Posten des Ämterzuteilers inne, was sein Prestige empfindlich steigerte, denn er war es, der die gemeinschaftlichen Aufgaben verteilte, die er als Belohnung oder Strafe benutzte. Aufgaben, die begehrt waren: Beauftragter für den Geräteraum (wo die Sportgeräte aufbewahrt wurden), Gehilfen im Refektorium (man aß gut und viel) und Bibliothekar (der Zugang zum Höllchen hatte). Aufgaben, die unbeliebt waren: Putzer der Waschräume und des Hauses im allgemeinen, Beauftragter für die schmutzige Wäsche, Meßdiener, Küster (Chef und Hilfskraft). Mit Ausnahme der Aufgaben des Hausmeisters (verantwortlich für ein Klassenzimmer) und des Krankenpflegers, die für ein Semester galten, wurden alle anderen wöchentlich erneuert, ein Umstand, der es den Präfekten erlaubte, das Gemeinschaftsleben zu beeinflussen.

**- Welche anderen Figuren nahmen an diesem Drama teil, in dem vom Leben und den Leidenschaften der Auserwählten die Rede ist?**

- In diesem Drama gab es noch viele Figuren von zweitrangiger Bedeutung. Manchmal waren es sogar Personen, die hinter den Kulissen tätig waren wie die Wäscherinnen, die wöchentlich kamen, um ihre Bündel sauberer Wäsche abzugeben und die Schmutzwäsche der Patres und Seminaristen mitzunehmen, ohne daß sie je über den Besucherraum hinauskamen. Auch die Nonnen, die in den hinteren Räumen des Seminars wohnten und für die Küche sorgten, wurden nur hinter den Kulissen gesehen. In Szene traten die Lehrer, Priester und Laien -, die jeden Morgen aus der Stadt kamen und extra für den Unterricht mit einem kleinen Transporter hin- und zurückgebracht wurden. Die Lehrer, die Priester waren, arbeiteten als Pfarrer oder Hilfsgeistliche in Gemeinden der Stadt und waren immer sehr beschäftigt. Vielleicht zeichnete sich ihr Unterricht deshalb nicht gerade durch seinen Glanz aus. Auf jeden Fall hatte das Seminar wenige Lehrer und nur vier Klassen, eine für jeden Jahrgang des Gymnasiums. Abgesehen von dem einen oder anderen etwas kühneren, ließen sich die Lehrer nicht tiefgehender auf das Leben der Seminaristen ein. Sie wurden wie ein Wunder vom Szenarium entfernt, sobald der Unterricht zu Ende war. Es gab auch einen alten Beichtvater, der alle vierzehn Tage kam, um sich die speziellen Sünden der Seminaristen anzuhören. Danach zog er sich in seine Gemeinde in der Stadt zurück, wohl auch, um zu verdauen, was er gehört hatte.

**- Es wurde der von bestimmten Spielen hervorgerufene Schrecken erwähnt. Wie ging dieses Flaschenspiel?**

- Das Flaschenspiel war eine Sache zum Aufwärmen. Als abendlicher Abschied von einem geschäftigen Tag. Und um die Muskeln zu stärken, den Wetteifer anzuspornen und die Widerstandsfähigkeit in Schwung zu bringen. Wer konnte, entlud beim Flaschenspiel während des Tages oder im Lauf der Woche aufgestaute Aggressionen. Wer dies nicht konnte, bekam die Aggressionen der anderen zu spü-

ren und weinte höchstens, denn es war verboten, sich zu beschwe-
ren — »Ein wirklicher Mann muß Prügel still ertragen«. Andere trö-
steten sich, indem sie dachten (denn es dauerte nur eine halbe
Stunde): Spiel ist Spiel. Aber das Spiel war gleichzeitig auch Krieg.
Um harte Männer zu formen, oder, wie gesagt wurde, Männer zäh
wie Leder. So daß es beim Flaschenspiel jene gab, die wirklich
christliche Schmerzen erlitten, und von Gethsemane bis Golgatha
Prügel einsteckten. Man trug ein Kreuz, wenn man schwächer war.
Irgendwann später dann wogen der Schmerz und die Erniedrigung
so schwer, daß die Abwesenheit der Mutter hinreichend beklagt
wurde, mehr oder weniger so: Mutter, Mutter, warum hast du mich
verlassen? Dann schaute man zum Himmel, auf der Suche nach
Hilfe oder Erleichterung von dem, der dieses ganze Unglück geschaffen hatte, oder man rief nach Jesus, der für uns gestorben war,
oder man hoffte darauf, daß der Nächste in seinem Haß nachsichtig
sein möge. Viele glaubten, im Namen Gottes zu leiden. Aber Gott
würde kein solch dämliches, sinnloses Opfer annehmen. Zusam-
menfassend — das Flaschenspiel war übel wie das Jüngste Gericht.
Weh dem, der nicht vor den Teufeln fliehen konnte. Er wurde zwar
nicht ins ewige Feuer geworfen, mußte jedoch Spießruten laufen
und bekam Hiebe von allen Seiten und auf alle Körperteile, solange
es ihm nicht gelang, durch den Flaschenhals in die Flasche zu
kommen.

**- Wie war dieses konkrete Golgatha, dieses nacherlebte Geth-
semane?**

- So: Zweimal pro Woche, nach dem Abendessen, wurde ein großer
Kreis mit einem engen Hals auf den Boden des Fußballplatzes ge-
zeichnet, der somit die Form einer Flasche hatte. Ein Fänger wurde
ausgewählt. Der Rest der Spieler blieb innerhalb des Kreises, nur
der Fänger draußen. Nach dem Zählen begann das eigentliche
Spiel: Alle mußten die Flasche verlassen und versuchen, vor dem
Fänger zu flüchten, der sich einen heraussuchte, um ihn zu fangen.
Da Handberührungen verboten waren, trugen alle Spieler ein Taschentuch mit einem Knoten am unteren Ende in der Hand. Wenn
der Fänger jemanden in die Enge getrieben hatte, gab er ihm einen
Hieb mit dem Taschentuch. Dies war der Schlachtruf eines Krieges
aller gegen einen. Dann fielen die Spieler alle auf einmal mit Kno-

tenschlägen über das Opfer her, und das Spiel wurde wirklich hart. Die Losung war zu verhindern, daß das Opfer in die Flasche zurückkehrte — was nur durch den engen Flaschenhals erlaubt war -, um die kollektiven Prügel so weit es ging in die Länge zu ziehen. Für das Opfer mischten sich Schmerz und Niederlage auf doppelte Weise. Es war viel schlimmer, wenn der Fänger ein Opfer weitab von der Flasche griff. Dann begannen die allgemeinen Hiebe weit hinten und gingen während des gesamten Rückweges weiter — eine Via Sacra im Verzweiflungszustand, wie man an dem verzerrten Gesicht, Wimmern und dem unkontrollierten Schluchzen dessen, der die Prügel einsteckte, litt und sich vor Angst in die Hose machte, erkennen konnte. Das lustigste war der Versuch zu verhindern, daß das Opfer in die Flasche hineinkam. Währenddessen stellten sich andere schon in einem Spießrutengang an beiden Seiten des Flaschenhalses auf. Wenn das Opfer es endlich schaffte hineinzukommen, steckte es eine Tracht Prügel von einer Aggressivität unterschiedlichster Stärke ein. Es gab Schreie in allen Tonlagen, Gelächter, Spott und verstohlene Schimpfwörter. (Ein Schimpfwort war ein schlimmes Vergehen: Ein schlimmes Schimpfwort konnte eventuell den Hinauswurf bedeuten). Da man das Opfer nicht als Schwuchtel oder Hurensohn beschimpfen konnte, klang das Echo der rhythmischen Begrüßung im Chor: Schwächling, Schwächling. Danach begann das Spiel von neuem, mit einem neuen Fänger und neuen Energien. Einige erhellende Kleinigkeiten: Der Fänger suchte sich immer ein leichtes Opfer aus, der Fänger verfolgte nie seine Freunde und Fischchen, der Fänger pflegte Feinheiten, wie den Knoten des Taschentuchs in Leim einzutauchen und trocknen zu lassen — was ihm die Mehrheit der Spieler nachmachte, denn jeder fühlte sich eher als Fänger denn als Opfer. Opfer waren fast immer dieselben: Es waren also immer dieselben, die Prügel mit Knoten voll harten Leimes einsteckten, was einem Steinhagel gleichkam, der den Körper peitschte. Man konnte sehr viel Glück haben und mitten in der Tracht Prügel durch die Klingel gerettet werden. Dann wurde das Flaschenspiel sofort unterbrochen. Die Stärkeren lachten zufrieden, entspannt, gekräftigt und schüttelten sich den Staub und den Schweiß ab. Die Schwächeren liefen in den Waschraum. Eilig wuschen sie die Zeichen der Prügel ab, die mit Wasser und Seife verschwanden. Denn es gab andere, die Wochen brauchten, um zu verschwinden, und manchmal war eine spezielle Behandlung des

Krankenpflegers nötig. Es waren Zeichen der Niederlage, die an irgendeiner Stelle des Rückens oder an einem Arm oder im Gesicht haften blieben und die Erniedrigung zur Schau stellten, der Schwächste von allen gewesen zu sein. Eilig wuschen sich die Knaben und weinten die drei dringendsten Tränen, bevor sie in die Reihe liefen und die Suche nach der Vollkommenheit fortsetzten. Während sie in der Reihe gingen und leise den Rosenkranz beteten, dachten sie manchmal an die Ehebrecherin des Evangeliums, diese für ihre Sünde Gesteinigte, die Jesus am Ende gerettet hatte. Wer weiß, ob Jesus das nächste Mal nicht gnädig sein würde? Auf jeden Fall warteten die Opfer schon vorher mit Schrecken auf die Abende, an denen es das Flaschenspiel geben würde. Die Sanftmütigen fügten die Zeichen des Spiels ihre geistliche Sträußchen hinzu, die sie danach nach Hause schickten, am Geburtstag der Mutter zum Beispiel, auf der Rückseite eines Heiligenbildchens, auf die sie mehr oder weniger schrieben: »Der lieben Mutti gewidmet ist dieses geistige Sträußchen aus dreißig Stoßgebeten, zehn Rosenkränzen, fünfundreißig Besuchen des Allerheiligsten, dreißig Messen und hundertfünfzig Opfern.«

- **Und wo blieb Spätzchen?**

- In der Gruppe der Erniedrigten, deren Alpträume er teilte. Dank seiner Schwäche während des Flaschenspiels würde er ein absolut grundlegendes Ereignis erleben — wie wir später noch sehen werden.

- **Was war das allgemeine Ergebnis dieser Spiele zum Training der Männlichkeit und des Schmerzes?**

- Niederlage und Verzweiflung, im Endeffekt. Die Schwächsten blieben die Schwächsten. Die Schwächlinge wurden immer verweichlichter, während die Starken ihre Kraft wachsen sahen.

- **Es wurde erwähnt, daß die Welt viele Gefahren barg. Wie sah es dann in den Ferien aus?**

- Es wurde versucht, die Hausordnung wenigstens in geringem Maß zu befolgen. Bevor die Seminaristen in die Ferien gingen (im Juli und von Januar bis Februar), hörten sie einen langen Vortrag, in dem der alte Rektor das vorbildliche Verhalten eines Auserwählten während der Ferien detailliert darlegte: jeden Morgen zur Messe gehen, jeden Abend in der Kirche den Rosen kranz beten, dem Vikar immer zur Verfügung stehen, kein Kino zu besuchen oder Bücher, ohne das vorherige Einverständnis des Vikars lesen, den Eltern gehorchen und den Brüdern ein gutes Beispiel geben. Vor allem sollte man die Wege vermeiden, die zur Unreinheit führen. An diesem Punkt wiederholte er immer die gleichen Worte: »Erinnert euch, daß in den Evangelien die Jungfrau Maria das Haus des Zacharias betritt und ihre Cousine Elisabeth begrüßt, aber nicht ihren Cousin. Es ist besser, unter Gleichen zu bleiben. Wenn ihr eure Verwandten besucht, so bleibt bei den Cousins und haltet euch von den Cousinen fern, um die Versuchung des Fleisches zu vermeiden«.

**- Ob der alte Rektor in seiner Jugend eine heftige Leidenschaft für irgendeine Cousine erlebt hatte?**

- Vielleicht war die Leidenschaft niederschmetternd genug, um ewig in seinem Gedächtnis zu bleiben. Auf jeden Fall mußten die Seminaristen bei ihrer Rückkehr aus den Ferien ein vom Vikar unterschriebenes Attest über gutes Betragen mitbringen. Es ist wahr, daß die Mehrheit der Vikare Wichtigeres zu tun hatte, als Seminaristen in ihren Ferien zu überwachen. Und sie unterschrieben die Atteste auf die gleiche Weise, in der sie ihre Messen lasen und tauften, nämlich gähnend. Vor allem war die »gefährliche Welt« ihre natürliche Umgebung und präsentierte nichts Neues: sich wiederholende Aufgaben, alltägliche Sündchen und viel Bier in den Kneipen, um die unweigerliche Langeweile zu betäuben. Bei der Rückkehr ins Seminar fanden die jungen Auserwählten die Realität des Evangeliums unangetastet innerhalb dieser Mauern vor. Die Superiores, der alte unbeugsame Gott und die Vikare waren nichts mehr als von der Dekadenz bedrohte Engel. Wie Christus mußte der Auserwählte sich dann vorbereiten, um zu widerstehen, bevor er auszog, den Ungläubigen die Gute Nachricht zu predigen.

**- Deshalb wurden gleich nach den Ferien strenge dreitägige Exerzitien in völligem Schweigen durchgeführt?**

- Ja, um die Seele zu reinigen. Sodaß auf diese Weise die Disziplin
wieder begann mit Feuer und Schwert zu regieren, auf der Suche
nach christlicher Vollkommenheit.

# Von der Ungarischen Rhapsodie und mit ihr zusammenhängenden Leidenschaften

**- Warum diese Erinnerungen mit der Ungarischen Rhapsodie Nummer 2 von Franz Liszt beginnen?**

- Weil ihre Akkorde eine fast pathetische Form der Leidenschaft zu bilden scheinen. Aber hauptsächlich, weil solche klanglichen Schwingungen im Knaben Spätzchen als Ausdruck seiner Andersartigkeit widerhallten.

**- Kannte Spätzchen sich in der Musik aus?**

- Nein. Er war nur für sie empfänglich, wie übrigens so viele andere Knaben in jener Zeit. Tatsache ist, daß die Wortlosigkeit der Musik ihnen sehr subjektive Interpretationen erlaubte und sich so in einen vollkommenen Mittler für den Ausdruck der unübersetzbarsten Gefühle verwandelte, die in ihrem Inneren wucherten. Sie übertrugen sie im Einklang mit ihren eigenen inneren Erfahrungen und schrieben auf ihre Weise die Leidenschaften neu, die die Komponisten in die Partitur hatten einfließen lassen. Auch geschah das oft mit Spätzchen, gerade in bezug auf die Ungarische Rhapsodie Nummer 2.

**- Und wann?**

- Gleich in den ersten Tagen im Seminar, als Spätzchen noch ein Fröschchen war, das die Zeit in den Ecken weinend verbrachte und in die Arme der Mutter zurückkehren wollte. In jenen Zeiten wurde seltener Musik gehört, zu ganz besonderen Stunden und Gelegenheiten. Vor erst zwei Wochen angekommen, bewegte sich Spätzchen tastend umher. Er kannte die Hausordnung noch wenig, auch deshalb, weil sein Engel nicht zu den Großzügigsten gehörte, was Erklärungen betraf. Obwohl er darauf brannte, wußte er nicht, wann er damit beginnen sollte, die Unterhosen zu benutzen, die seine Mutter auf Betreiben der Patres für seine Ausstattung genäht hatte. Er informierte sich. Nachdem ihm der empörte Engel gesagt hatte, daß er schon seit seiner Ankunft hätte Unterhosen benutzen müssen, schloß er mit der bedrohlichen und unwiderruflichen Erklärung:»Ohne Unterhosen herumzulaufen, ist gegen die Hausordnung, denn du bist kein kleines Kind mehr.« Für Spätzchen war es köstlich, zu erfahren, daß er ihn nicht mehr als Kind betrachtete. Sodaß er sich sofort in Richtung Kleiderkammer aufmachte, frohlockend eine der Unterhosen aus noch harter Baumwolle griff und sie, auf einer Toilette eingeschlossen, langsam anzog, wobei er sich in einem tragbaren kleinen Spiegel betrachtete, um zu sehen, wie ein Mann ohne Hosen aussah. Stolz, endlich die Großjährigkeit erreicht zu haben, kam er wieder heraus. Glücklich mit dem neuen Leben, fand er sich vor einem Raum wieder, in dem still einige Jungen saßen und Musik hörten. Er blieb draußen stehen, ohne zu wissen, ob er, falls er einträte, nicht gegen irgendeinen Punkt der Hausordnung verstieß. Da hörte er zum ersten Mal jene pathetischen Akkorde, die er als die Ungarische Rhapsodie Nummer 2 kennenlernen und deren Namen er nie wieder vergessen würde. Fast zerschmettert von der Schönheit der Musik, blieb er mit aufgerissenen Augen und Ohren im Schatten stehen und empfing die intensive Klarheit, die von jenen Klängen ausging. Es war mitten aus dieser Klarheit heraus, daß er die Anwesenheit eines Buben, der genau vor ihm saß, bemerkte. »Wie wunderschön er ist«, dachte er. »Ist er wunderschön«, wiederholte er. »Er ist schön«, dachte er noch einmal, immer noch, ohne zu merken, daß die Beharrlichkeit entschieden vom berauschten Fleisch ausging. Während seine Augen sich entzückten, kreiste sein Kopf. Seine Ohren saugten die Klänge ein, und alles verschmolz in einem Wirbel, der wie ein riesiger Sporn emporsproß, um ihm irgendeinen Punkt der Seele zu durchbohren und sich ohne Ursprung und Richtung in sein Fleisch zu stoßen. Er blinzelte mehrmals, weil er fliehen wollte, denn er hatte Angst. Und er blinzelte auch vor Unruhe, denn er wußte, daß diese Schönheit ihn gefangennahm, wie es schon viele Male vorher passiert war und noch so viele Male danach passieren würde. »Irgendetwas ist bei mir falsch gelaufen«, dachte er inmitten des Blinzelns und der Faszination, denn der Junge wirbelte inzwischen zum Klang der schmerzlichen Geigen durch die Lüfte. Er bekam Angst vor dem Magma sich widersprechender Gefühle, die ihn verschluckten, und riß sich nur mit Mühe los. Während er allein über den Pausenhof lief, empfand er Verbitterung, weil er zugeben mußte, daß seine Großjährigkeit ein Fiasko war. Auch wenn er Unterhosen benutzte, war er deshalb noch kein richtiger Mann, solange er weiterhin »das da« für Jungen und Männer empfand. Noch schmerzhafter war das Bewußtsein, daß ein Teil von ihm es mochte, so zu mögen, auch wenn der andere es ablehnte. Von diesem Moment an versäumte es die Ungarische Rhapsodie nie, ihm das exakte Maß seiner Andersartigkeit anzuzeigen. Wenn er sie hörte, immer mit unvermeidlicher Melancholie und Faszination, war es, als ob er das Klopfen seines Herzens hörte. Umsonst versuchte er, es zu entziffern.

**- Und wie hat Spätzchen überlebt?**

- Indem er sich einer Clique anschloß. Übrigens versuchten alle auf diese Weise zu überleben, so daß die Gemeinschaft ein Gewirr von sogenannten Klüngeln bildete.

**- Wie war der Klüngel von Spätzchen?**

- Lustig, denn er basierte auf ein System des Selbstschutzes, das absolutes Vertrauen unter seinen Mitgliedern und einen eigenen Wortschatz beinhaltete. »Ein Brocken« bedeutete ein hübscher Junge, »Stunde der Bombe« bedeutete ein Vortrag des Rektors, die Lateinstunde wurde »Strafrede« genannt und »Traktoren« war eine allgemeine Benennung für die Großen, während die »Patres Superiores« die zweifelhafte Bezeichnung Patres Superlativos verdienten und das Essen (Hauptobjekt ihres Sarkasmus) mal »die Lava« hieß — wegen des häufigen Sodbrennens nach seinem Genuß -, mal »das Schweinefutter« — als treffende, aber nicht weniger bösartige Anspielung auf sein Aussehen -, mal »Wunder von Lavoisier«, in gerechter Erinnerung an das Gesetz, demzufolge in der Natur nichts verlorengeht, sondern alles umgewandelt wird. Die Gruppe bestand aus fünf oder sechs Jungen der gleichen Klasse, die geschworen hatten, einander blind zu vertrauen, und die alle ihre Probleme und intimsten Geheimnisse miteinander teilten, ihre Leidenschaften eingeschlossen. Sie wurden mehr oder minder alle in die Kategorie der »Schwächlinge« eingeordnet.

**- Was wären die Merkmale eines »Schwächlings«?**

- Grundsätzlich zwei: nicht Fußball spielen und sich jeden Tag baden. Da sich die Fußballtage zwischen den Großen und Kleinen abwechselten, badeten die Spieler nur alle zwei Tage, sodaß ein direktes Verhältnis zwischen dem Übermaß an Bädern und dem Mangel an Fußballeignung bestand, oder im Gegenteil zwischen dem Fußballspielen und dem Baden ausschließlich aus Notwendigkeit. Hieraus wurden Schlußfolgerungen von großer Tragweite gezogen: Ein Schwächling war, wer Talkum benutzte, denn ein echter Mann roch nach Schweiß. Ohnehin sollte ein Mann nach »Sperma riechen« - wobei unter dieser verworrenen Schlußfolgerung verstanden wurde, daß die Ansammlung von Talg unter der Vorhaut eine großzügige Menge an Wichse und folglich an Männlichkeit bedeutete. Es gab einen Knaben, der einen Rekord an Männlichkeit brach, als er zwei Wochen hinter sich brachte, ohne zu baden. Natürlich rieb er sich mehr als ein Cowboy und trug mit Stolz eine dauerhafte und unbezähmbare Erektion zur Schau. Bis zu dem Tage, an dem ihm der alte Rektor öffentlich mit dem Hinauswurf drohte — zur Gaudi der Gruppe von Spätzchen, die darin eine Vergeltung sah und in gewisser Weise eine Legitimierung ihrer hygienischen Gewohnheiten. Zu diesen Merkmalen kamen andere hinzu, die ausreichend, aber nicht unerläßlich waren, einen Schwächling auszumachen: Volleyball spielen, vor Schreck oder Überraschung spitze Schreie ausstoßen, Panik vor dem Flaschenspiel haben und in einer etwas flatterhaften Weise gestikulieren. Übrigens war es genau aufgrund dieses letzten Merkmales, daß die Gruppe von Spätzchen als der »Vogelschwarm« bekannt wurde (ein Name, der von den Dreisteren boshaft in »Tuntenschwarm« uminterpretiert wurde). Daher auch ihre Spitznamen, die sich schließlich wie folgt vereinheitlichten: Außer dem Spatz tauchten auf der Kanarienvogel, der Tui — manchmal von seinen Feinden mit dem Beinamen Bate-Cu (»Arschklapps«) ausgestattet, zweideutiges Synonym für diese Art eines südamerikanischen Sittichs -, die Siriema — in Anlehnung an den Stelzvogel (ein mageres Bürschchen, das aus Mato Grosso gekommen war) und Picapau (»Specht«), dessen Sinn sich je nach Gesichtsausdruck und Ton dessen, der ihn rief, änderte.

**- Was brachte sie eigentlich einander näher und ließ sie zusammenhalten?**

- Die Tatsache, daß sie ständig unwiderruflich in andere Kameraden verliebt waren. Ihre Lieblingsthemen und größten Geheimnisse kreisten um diese manchmal vorübergehenden, manchmal verheerenden Leidenschaften. Nach der Gewähltheit ihres Geschmacks zu urteilen in bezug auf Kleidung, männliche Schönheit, klassische oder Volksmusik und sogar nach der Sorgfalt, mit der sie beteten und für ihre Sünden um Vergebung flehten, handelte es sich ohne Zweifel um eine Gruppe kleiner Ästheten. Man könnte sagen, daß sie zwischen dem Ruf Gottes und der Schönheit der Menschen gekreuzigt waren. Bemerkenswert war zum Beispiel die Lebhaftigkeit, mit der sie im Vogelschwarm Wettbewerbe veranstalteten, um den schönsten Jungen der Großen, Kleinen oder Novizen zu wählen — indem sie abstimmten, sich stritten und manchmal sogar einen Fanclub für ihren »Liebling«, wie sie das Objekt ihrer Liebe nannten, ausdachten. Aber der Ruf Gottes äußerte sich auch in ihrem geistlichen Leben, das voller asketischer Bestrebungen, Gewissensdramen und Sündenängste war. Es gab jene, die Missionare werden wollten, um die Indianer und Heiden zu bekehren. Dies war der Fall bei Siriema und Tui. In dem Abschnitt des Jahres, der den Missionen gewidmet war, nahmen sie ausgiebig an den besonderen Veranstaltungen teil. Sie entwickelten und führten beziehungsreiche Mysterienspiele auf (»Passion und Tod des Heiligen Franz Xaver im Orient«, wo sie mit einer Säge orientalische Musik improvisierten und es schafften, die Schauspieler mittels Schminke und alten, farbigen Vorhängen in perfekte Japaner zu verwandeln). Sie stellten Rosenkränze her, deren Ertrag für die Missionen bestimmt war, und leiteten die Organisation Gemeinschaftlicher Geistlicher Sträußchen zum Gedenken an die Missionen in Afrika und Asien, wobei sie die größten Opfer für China darbrachten, wo, wie gesagt wurde, viele Märtyrer im Namen des christlichen Glaubens in den Händen der Kommunisten starben — was wunderschön und rührend war. Die Mehrheit des Klüngels war von der Tugend der Reinheit so besessen, daß sie sich ständig Bußen auferlegten, denn sie hatten eine spezielle Neigung für die entsprechende Sünde. Mal beteten sie auf Maiskörnern kniend, mal legten sie Steine unter ihre Kopfkissen und banden sich improvisierte Büßergürtel um die Hüften — immer in Abhängigkeit von der Strenge der Versuchungen und Skrupel. Außerdem verschlangen sie Biographien der Heiligen der Reinheit, deren Geburtstage mit besonderen Kasteiungen begangen wurden. Am 15. August (Heiliger Stanislaus Kostka der Engelhaften Unschuld), am 21. Juni (Heiliger Luis Gonzaga, Schutzherr der keuschen Jugend) und am 6. Mai (Heiliger Domingos Savio, der erste fünfzehnjährige Heilige) versprachen sie, »sich weder Hinz zur Stunde des Rosenkranzes zu nähern noch die Beine von Kunz während des Fußballspiels anzusehen« — aus Selbstkasteiung. Und sie beteten gemeinsam oder jeder für sich: »Engelgleicher Domingos Savio, hilf uns, es Dir in der Liebe zu Jesus nachzutun und mache, daß auch wir durch die Ausführung des Vorsatzes, eher zu sterben als zu sündigen, die Ewige Rettung erreichen mögen«. Aber wenn die Momente größerer geistlicher Erhebung vorbei waren, erkannte der Vogelschwarm einhellig und zwischen klagenden Seufzern, daß »das Fleisch wirklich schwach ist«. Resigniert fuhren alle fort, entweder zu leiden oder sich an der Sünde zu ergötzen, verliebt zu sein — in Gedanken, Worten und, manchmal, in Taten.

**- Wie verliebte man sich »in Taten«?**

- Die Geschichte von Kanarienvogel, dem besten Freund von Spätzchen, veranschaulicht dies gut. Es handelte sich um ein dürres Bürschchen, das, weil es hüpfend herumlief und zwitschernd sprach, angemessen getauft worden war. Kanarienvogel liebte einen Fußballspieler der Großen — dessen Spitzname, Stämmchen, sich auf die ungewöhnliche Länge seines Gliedes bezog — und fühlte sich von ihm hemmungslos angezogen, was zu seinem Unglück genau im Herzen seines Hinterns aufblühte. Fast in Tränen kam Kanarienvogel an, um Spätzchen zu erzählen, wie er wieder einmal »in Taten« gesündigt hatte — und das bedeutete in ihrer persönlichen Umgangssprache, daß Kanarienvogel sich mit in den Arsch gestecktem Finger und in Gedanken an seinen Liebling befriedigt hatte. Danach fühlte er sich fürchterlich schuldig und voller Angst vor der ewigen Verdammnis, sodaß Spätzchen ihn regelmäßig zum Beichtvater schickte, mit dessen Hilfe Kanarienvogel sich endlich beruhigte. Aber genau diese Beichte gab ihm den Freibrief, um das gleiche nicht sehr viel später wieder zu tun. Deshalb verbrachte Kanarienvogel die Zeit damit, vergebliche Gelöbnisse zu machen und zu leiden, wenn er sie nicht einhielt. Nur an den Fußballtagen überwand er seine Skrupel. Er kletterte auf einen der Eukalyptusbäume, die das Feld umgaben, und trällerte von dort den Namen Stämmchen in allen Tonlagen, jedesmal wenn sein Liebling sich des Balls bemächtigte. Unten amüsierte sich der Vogelschwarm und verspottete auf kameradschaftliche Weise den Freund, »der Fan einer Mannschaft aus einem Spieler war«. Während dieser kurzen Pausen siegte die Schönheit des Menschen, ohne zwischen irdischen und himmlischen Freuden zu unterscheiden.

**- Was genoß man denn im Himmel?**

- Man genoß, wie man sich vorstellen kann, den Anblick der Lieblinge und den Besitz aller Wonnen, die in Wahrheit grenzenlos waren. Eingeschlossen waren die Selbstbefriedigung, die (sogenannten) Privatfreundschaften und andere weniger übliche Arten, die in Reichweite der Hände, Augen und Gedanken sein konnten. Die gesamte Gemeinschaft, und nicht nur die Schwächlinge, brodelte vor Genuß. Der Sex stellte das geläufigste, schmackhafteste und meistbetuschelte Thema jener Zeit dar.

**- Wie sahen die weniger üblichen himmlischen Genüsse aus?**

- Zum Beispiel: In bestimmten Bereichen stritten sich die Buben um das Amt des Schweine- und Hühnerstallreinigers, welches als eines der übelsten des Hauses angesehen wurde. Die Reinigung diente in Wahrheit als Vorwand, um der Paarung von Schweinen, Hähnen und Enterichen mit ihren jeweiligen Weibchen zuzusehen, die oft sogar durch die Putzer aufgehetzt wurden. Aber da wenig gearbeitet wurde, stattdessen jedoch beabsichtigt war, viel zu genießen, war der Ort natürlich immer schmutzig, so sehr, daß die religiösen Dienste in der Kapelle, die in der Nähe lag, oft gestört wurden. Ein anderes Beispiel weniger üblichen Genusses: Es gab einen Jungen, der durch die Tatsache bekannt war, daß er sich erregte, wenn er Fliegen sich paaren sah; im Sommer machte ihn die Vermehrung der Fliegen besonders verrückt. Er bat ständig um Erlaubnis, auf die Toilette gehen zu dürfen, da er plötzlichen Anfällen von Durchfall zum Opfer gefallen sei.

**- Wurde in jenen Zeiten viel geflirtet?**

- In jenen Zeiten wurde überall und bei jeder Gelegenheit geflirtet: im Sitzen im Studiersaal, in der Kapelle, im Refektorium und im Klassenzimmer. Ferner im Liegen im Schlafsaal, wo sich die Flirts auf gefährlichem Boden bewegten; im Stehen, während in Reihe gelaufen wurde, während der abendliche Rosenkranz gebetet wurde,

Fußball gespielt oder den Spielern zugeschaut wurde, und sogar während der »Strafe der Wand«, wo zwar auf Abstand, aber mit aller Kraft geflirtet wurde. Übrigens war die Beharrlichkeit der Buben so bewundernswert wie ihre Phantasie. Auch wenn die Privatfreundschaften strengstens verboten waren, so ergaben sich für die spärlichen Möglichkeiten dennoch glänzende Lösungen. Es wurde zum Beispiel im Geräteraum geflirtet, wo sich die Sportler versammelten, um Bälle zu flicken und sich um verschiedene Reparaturen zu kümmern. Da sich der Geräteraum im Keller befand, war es zwischen der einen und der anderen Flickarbeit möglich, sich seinem Liebling zu nähern und mit Glück bestimmte Berührungen von unbeschreiblichem Genuß auszutauschen. In den Stunden, in denen weniger Betrieb herrschte, konnte man auch eine kleine Balgerei herausfordern; und dann gelang sogar ein verstohlenes Betasten, das mehr oder weniger dazu überging, verwegen die Hosen herunterzulassen. Im Geräteraum wurden Wettbewerbe der behaartesten Oberkörper, muskulösesten Oberschenkel und — oh höchste Wonne — der hervorspringendsten Glieder improvisiert. Und dann geschahen weniger heimliche Entladungen der Situation, so wie eine oder mehrere unkontrollierbare und unvergeßliche Ejakulationen. Die Flirts blühten ebenso in der Studierstunde zwischen neun und zehn Uhr abends, die nur für die Großen erlaubt war. Ohne die Anwesenheit der Disziplinarpräfekten — die im allgemeinen zu müde waren, um zu dieser Uhrzeit zu lernen -, nutzten die Schüler, die gern die fleißigsten waren, die Gelegenheit, um das Pult zu wechseln und auf diese Weise Paare im Saal zu bilden. Manchmal gab es Paare, die »aufs Klo« gingen, lediglich in Übereinstimmung ihres körperlichen Bedürfnisses. Die größte Offenkundigkeit dafür, daß unzureichend gelernt wurde, war die große Anzahl von Pyjamas, die wie Zelte in der Wüste aufgebläht waren oder sogar feucht wurden, dank der Beharrlichkeit, mit der sich die Liebe den Durchgang erzwang. Obwohl weniger ruhig, bot die obligatorische Arbeitsstunde nach dem Mittagessen Gelegenheit für gewisse schwierige Liebesbande, denn dort war der Kontakt zwischen Großen und Kleinen erlaubt. Folglich waren an Größe und Alter unterschiedliche Paare üblich. Die gleichen Unterschiede kamen am Ende der abendlichen Pflichtpause vor, wenn die Seminaristen auf dem Fußballplatz hin- und hergingen und den Rosenkranz beteten. Auch hier nutzten die Liebespärchen (die sich nicht als solche zu benehmen wagten) die vorübergehende Erlaubnis für das Zusammensein von Großen und Kleinen und beteten den Rosenkranz zu zweit statt in Gruppen. Die Einladung ging im allgemeinen vom Großen aus, der zum Kleinen kam und auf verschleierte (oder schüchterne) Weise nur sagte: »Gehen wir?« — was ein wenig von allem bedeutete: flirten, sich nah sein, die Sehnsucht stillen, sich lieben, ansehen, genießen. Dann füllte sich der Platz mit Paaren, und der Rosenkranz wurde mit besonderer Andacht gebetet, aber von Gefühlswallungen durchkreuzt. Abgesehen davon, daß er frommer wurde, wurde er auch genüßlicher: Jedes Wort des Salve Regina, Ave Maria und Vaterunser konnte sich in Liebeswerben und -Geständnis verwandeln, wenn es mit geheimnisvollem Lächeln und den leuchtenden Augen des gemeinsamen Geheimnisses gewürzt war. Die Gottheit selbst wurde gerufen, um diesen Genuß zu teilen, der, weil flüchtig, intensiv ausgesaugt wurde und später seufzende Sehnsucht hervorrufen würde. Als wenn Gott zustimmte.

**- Könnte man nicht davon sprechen, daß der sakralen Atmosphäre Verzauberung beigemischt war?**

- Die Mischung existierte und begrenzte sich auf jenen Raum — den Fußballplatz, der in gewisser Weise für sie zum Vorteil war. Auch wenn nicht alle Paare bildeten, war es auf dem Fußballplatz, wo die Cliquen sich zur Stunde des Rosenkranzes oder zu den Pflichtpausen versammelten. Die Seminaristen beteten, gingen umher, lachten, erzählten Gerüchte und legten einer dem anderen, wie es sich gehörte, ihre intimsten Gefühle offen. Das alles auf dem Fußballplatz, der sich ein wenig als die große Mutter erwies, die alle ohne Diskriminierungen oder Zensur aufnahm. Man kann sagen, daß die Zärtlichkeit, die zwischen den Kindern ausgetauscht wurde, auf dem Fußballplatz überlief. Daher liebten sie ihn, weil es sich um einen gemeinschaftlichen Raum der Liebe handelte. Spätzchen würde dieses Gefühl auf eine nicht sehr bewußte, aber ziemlich intensive Weise erleben, wie weiter hinten zu sehen sein wird.

**- Warum wurde gesagt, daß sich das Flirten im Schlafsaal auf gefährlichem Boden bewegte?**

- Weil dort eine doppelte Überwachung ausgeübt wurde. Nachdem

die Seminaristen zu Bett gegangen waren, pflegte einer der Disziplinarpräfekten beharrlich auf dem Gang des Schlafsaals hin- und her-
zugehen, bis er sich vergewissert hatte, daß alle eingeschlafen waren. Daher konnten die Begegnungen nur später und mit großer
Vorsicht geschehen, damit keine der Wachen geweckt wurde. Dafür erlaubte das Flirten im Schlafsaal größere Bequemlichkeit und,
die anfängliche Hürde einmal überwunden, eine unvergleichliche
Ruhe.

**- Wurde viel im Schlafsaal geliebt?**

- Vermutlich ja, denn dort war es möglich, sich einem gewissen Geheimnis noch mehr zu nähern, wenn man das fremde Laken anhob.
Im Schlafsaal gab es ernste Liebschaften, aber auch Scheinlieben.
Eine ernste Liebschaft bedeutete, über Stunden zusammen zu schlafen und das Durchbrechen der Grenze zwischen den aneinander-
geschmiegten Körpern zu erzwingen. In bezug auf die Scheinlieben
waren sie natürlich für die einen schmerzhaft, auch wenn sich andere auf ihre Kosten vergnügten. Sehr traurig war der Fall einer
Scheinliebe, der just von Tui, einem der Mitglieder des Vogelschwarms, erlebt wurde. Tui war in einen Kameraden verliebt, der
in der anderen Ecke des Schlafsaals schlief. Er pflegte im Morgengrauen aufzustehen, durchquerte den Raum, kniete sich neben das
Bett seines Lieblings und versuchte romantisch, ihn im schwachen
roten Licht, das die ganze Nacht brannte, zu betrachten. Einmal, als
er sich gerade auf dem Höhepunkt der Kontemplation befand, hörte
er mit Schrecken, daß sein Liebling ihn mit fremder, aber klarer
Stimme fragte: »Magst du mich?« Als der erste Schreck vorüber
war, in dem ihm das Herz im Hals steckenblieb, antwortete Tui, fast
schluchzend vor Aufregung: Ich mag dich. Und der Liebling:
»Magst du mich wirklich, wie eine Frau?« Tui zögerte erst, aber sein
hüpfendes Herz schob ihm die Worte aus dem Mund: »Ich liebe dich
für alle Ewigkeit, genau wie eine Frau«. Und der andere: »In diesem
Fall, würdest du mich ihn in deinen Arsch stecken lassen?« Tui, mit
noch wankenderem Herzen, antwortete früh genug, um jedes Zeichen rationalen Zögerns zu verhindern: »Ich würde ihn ganz rein-
stecken lassen, in alle Ewigkeit«. Da ließ der Liebling ein gar nicht
romantisches Kichern los, gefolgt von Gelächter, das wie ein Echo
aus den nächstgelegenen Betten kam. Erst da begriff Tui, daß er sich

dem falschen Jungen erklärt hatte, auch wenn das Bett am richtigen Ort stand. Er begann zu weinen, weil im klar wurde, daß er in eine gemeinschaftliche Falle gegangen war. Und er durchquerte den Schlafsaal in einer unehrenhaften Rückkehr, zerrissene Schluchzer auf dem Weg hinterlassend. Zum Kummer des Vogelschwarms wurde er wenig später hinausgeworfen. Das geschah in Spätzchens zweitem Jahr.

**- Gab es nicht eine gewisse Ähnlichkeit zwischen dem Fußballplatz und dem Krankenzimmer als Räume der Liebe?**

- Die Erinnerung sagt ja. Ins Krankenzimmer eilten nicht nur die physisch erkrankten Buben, sondern auch all jene, die Opfer der Leidenschaft waren und ein so unerklärliches und so hohes Fieber bekamen, daß sie die Lippen voller Blasen hatten. In Wirklichkeit verwandelte sich das Krankenzimmer in eine Art Zuflucht für die Liebeskranken. Und dies dank eines Jungen, der Marcao Bisquitkuchen genannt wurde, und der so kompetent und eifrig war, daß er das Amt des Krankenpflegers ausnahmsweise für fast zwei ununterbrochene Jahre einnahm. Obwohl er sehr viel älter war als die anderen, litt Marcao unter einer Schüchternheit, die so übertrieben war wie seine Statur. Er verlor die Stimme, wenn er mit den Superiores sprach und wurde rot, wenn er mit der Halbnacktheit der Kameraden, denen er Spritzen gab, konfrontiert wurde. Aber er zeigte eine besondere Zärtlichkeit für die Jungen, die, durch die rätselhaften Fieber befallen, unter seiner Fürsorge gesunden sollten. Nur dann öffnete er sich so weit, daß er sich völlig verwandelte. Bei den ständigen Besuchen, die er den Kranken machte, versuchte er sie mit Witzchen und Anekdoten zu begeistern, er, der kaum ein »Guten Tag« artikulieren konnte. Vor allem abends, bevor er zu Bett ging, erzählte er ihnen gern lange Geschichten, in denen Männer wie Engel flogen und sich in herrliche Helden verwandelten. Während er gleichzeitig auf eine unkontrollierte Weise lachte, rief er die Buben mit zärtlichen und unüblichen Namen: »Mein Gürteltierchen«, »Süßes Kohlköpfchen«, »Gefüllter Kürbis«, »Blauer Wauwau«, »Grüner Wauwau«, »Silberner Wauwau«, »Milchkuchen«, »Meine Süßspeise aus Papaya mit Kokos« und anderen der Liebestrance eigenen Ausgefallenheiten. In diesen Augenblicken fanden ihn die Knaben halb verrückt; aber sie unterließen es trotzdem nicht, seine Zuneigung aufzusaugen, die ohne Zweifel half, Wunden mit komplizierter Diagnose zu heilen.

**- War Marcao Bisquitkuchen in die Kranken verliebt?**

- Nicht nur in die Kranken und nicht nur verliebt. Eines Nachts stieß ein Disziplinarpräfekt auf Marcao, wie er auf einer Toilette, deren Tür unbemerkt offen geblieben war, Äther schnüffelte. Da klärte sich alles. Die Schwankungen seines Temperaments befanden sich in direktem Verhältnis zum Äther, den er jeden Abend reichlich schnüffelte — und es ist möglich, daß er dies genau deshalb tat, um ohne seine angeboreren Hemmungen lieben zu können. Alle beklagten seinen Hinauswurf. Auch mit den Änderungen, die später vorgenommen wurden, wurde das Krankenzimmer nie wieder zu jenem Nest, in dem die Liebeswunden geheilt wurden. Andere Räume würden auftauchen. Aber nichts so radikal Romantisches mehr.

**- Es wurde gesagt, daß die Buben die Hände, Augen und Gedanken zum Genuß benutzten. Und der Schwanz? Wie war ihr Verhältnis zum Schwanz?**

- Entscheidend und sehnsüchtig. Da sich die Schwänze selten offen zeigen konnten, war ein in steifem Zustand flüchtig gesehener Schwanz etwas so Köstliches wie ein Feiertag und rief echte Verblüffung hervor. Die Buben, vor allem die sensibleren, bewahrten dieses verschwommene Bild eines steifen Schwanzes monatelang auf. Spätzchen empfand eine Mischung aus Schrecken und Ekstase angesichts eines fremden Gliedes, ohne daß der Schrecken die Sehnsucht unterdrückte, das Objekt seiner Träume zu erreichen. Aber es gab Fälle, in denen sich kraft der christlichen Skrupel die Ablehnung gegenüber der Anziehung durchsetzte und die Liebe furchterregende Masken trug. Wie jener Junge, dessen Angst vor dem Schwanz so groß war, daß man von phallischer Paranoia sprechen konnte. Eines Nachts stand er schreiend auf und schoß durch den Schlafsaal wie ein Feuerwerkskörper in Richtung auf das Zimmer des Spiritualen. Es wird gesagt, daß er aussah, als habe er den Teufel gesehen. Aber nein. Er hatte nur mit einem nicht ganz unbedachtem Blick den steifen Schwanz seines Bettnachbarn gesehen.

Denn die Anziehung erzeugte die umgekehrte Bewegung, aber löste sich nicht in ihr auf. Im Gegenteil, sie ernährte sich von der Begierde und wuchs, bis sie unhaltbar wurde.

**- Und die Selbstbefriedigung: War sie eine übliche Form, die Lust in Einsamkeit auszuüben?**

- Man konnte in Wirklichkeit von einer wahren Epidemie sprechen. Sich selbst zu befriedigen war nicht nur »wichsen«, sondern hieß auch Kaiman umbringen und »sich einen runterholen«. In jener Zeit kam die Angst vor dem ewigen Feuer dem Ungestüm gleich, mit dem das Magma aus den kleinen, nach Heiligkeit und Wonne sehnsüchtigen Körpern quoll. An den besonderen Beichttagen bildeten sich lange Schlangen vor dem Beichtstuhl, aus dem der alte Beichtvater bei Dienstende vor Langeweile gähnend herauskam, so häufig wurde jene einsam ausgeübte Sünde wiederholt. Aber es ist auch wahr, daß niemals gesagt wurde, daß das Wichsen zu Ehren oder in Gedanken an den »Nächsten« stattfand, da sich die Beichtväter wohlwollender mit der sündhaften Einsamkeit als mit der Sucht zu zweit oder mehreren zeigten, wie wir sofort sehen werden. Die Sünde mit sich selbst wurde so sehr gepflegt, daß es manchmal genügte, ein erregendes Thema in irgendeinem Kreis anzuschneiden, damit sich die Gruppe wie durch Zauber zerstreute. Jeder verschleierte es auf seine Weise, aber alle schlugen nach unzähligen Runden beständig denselben Weg zum Waschraum ein, wo sie sich auf den Toiletten einschlossen und im Taumel der Lust jubilierten, die in Reichweite ihrer Hände lag. Das Gedächtnis bewahrt fast unversehrt das schlecht unterdrückte Stöhnen, das während der letzten Baderunden den Waschraum füllte — die sich für jene Momente inneren Glücks, das alle Schleusen der Welt öffnete, am geeignetsten erwiesen. Wäre die Szenerie mit einem Kinokran und Gleisen ausgestattet, auf denen das Fahrzeug der Phantasie gelassen hin-und herglitte, dann sähe sie ungefähr so aus: lange verschlossene Toilettentüren, mal strömende, mal versiegende Duschen, und der Kran, der langsam bis zum Auftauchen die Wände hochführe. Erste Toilette links: Lourival befriedigte sich selbst, fast ohne den Schwanz aus der Hose zu ziehen, in einer geeigneten Technik, um die Sünde weniger offensichtlich zu machen. Zweite Toilette rechts: Es masturbierte Toninho, dessen linke Hand mit extremer Flinkheit funktionierte. Dritte Toilette rechts: Mané leckte sich lasziv die Lippen, mit vor Lust schielenden Augen an seinem ungeheuren Mast geklammert. Vierte Toilette rechts... welch eine Überraschung! Auf der vierten Toilette, die die dunkelste und geschützteste war, sind zwei zu sehen: Zwei Bürschchen mit weit aufgerissenen Augen bei der einfachen gegenseitigen Berührung ihrer heiligsten Punkte. Zwischen der fünften und sechsten Toilette kletterte ein Heranwachsender fast oben auf die Trennwand, um bei der Selbstbefriedigung des Nachbarn nach Inspiration zu suchen. Kaum zu glauben, daß er sich dort im Gleichgewicht halten konnte, gleichzeitig mit der Linken an der Wand und der mit der Rechten ans eigene Glied geklammert. Es gab noch die Toiletten auf der linken Seite, doch es ist nicht nötig, die Beschreibung fortzusetzen, denn das Ganze würde das Risiko laufen, weitschweifig zu werden. Auch deshalb, weil sich im Schlafsaal die Festlichkeiten mit Gekeuche fortsetzten, mit unterdrücktem Gekeuche, um das eigentliche Stöhnen zu vermeiden. Es war jenes gemeinschaftliche Gekeuche in den aufgereihten und von einem Beben leicht zitternden Betten, das nicht vom Boden, sondern von den Leibern ausging.

**- War der Sex in jenen Zeiten allgegenwärtig?**

- Nicht nur allgegenwärtig, sondern in mehrfacher Beziehung wirksam, wie wir gesehen haben. Auch gegen den unbeugsamen Willen und oft gegen den offensichtlichen Zorn Gottes. Die Predigten beharrten darauf, die regelmäßigen Vorträge des Rektors und des Spiritualen auch. Die Reinheit war die Tugend, die das Gelände der anderen Tugenden fruchtbar machte. »Den eigenen Körper nicht zuviel berühren«, ermahnten sie — um nicht die Wut des Teufels zu wecken. Und erst recht nicht, gegenseitig zu sehr aneinander hängen, denn die Liebe Gottes war dem Egoismus von Freundschaften entgegengesetzt, die, weil sie verschlossen waren, Gelegenheit für die Sünde gaben. »Wenn einer nicht gut ist, empfiehlt es sich, zwei zu vermeiden. Gut sind immer drei«, philosophierte der alte Rektor mit erhobenem Zeigefinger und zittrigen Lippen, die sich mehr bewegten, als die Worte verlangten. Ihm zufolge mußten unaufhörliche Wachsamkeit aufrechterhalten und deshalb alle Sinne kasteit werden.

**- Was für Kasteiungen erzeugten ihre christlichen Gewissen?**

- Viele, abgesehen von den Strafen. An Filmabenden war zum Beispiel die kollektive Kasteiung der Augen häufig. Sobald ein Kuß auf der Leinwand begann, hatte der Filmvorführer die Anweisung, die Linse mit der Hand zu verdecken. Es gab schüchterne Pfiffe der Auflehnung. Aber das Geschrei war unverhohlen ausgelassen, wenn die Hand, müde oder ungeduldig, sich genau auf dem Höhepunkt des libidinösen Akts zurückzog, der viel länger gedauert hatte, als die christliche Vorstellungskraft bei einem Kinokuß annehmen konnte.

**- Äußerte sich der göttliche Zorn häufig?**

- Ja, in wirklich biblischen oder, mehr noch, mittelalterlichen Explosionen. Berühmt und unvergeßlich, wie mit glühendem Eisen in die schuldigen oder nicht schuldigen Gewissen eingebrannt, blieb der als »Inquisition der Zwölf« bekannte Vorfall, noch im zweiten Jahr von Spätzchen. Alles geschah gleich nach der Rückkehr aus den Ferien im Juli. Es waren Gruppen zur Reinigung des Gebäudes vor dem Wiederbeginn des Unterrichts organisiert worden. Ein Disziplinarpräfekt der Großen, bekannt als Andreolli, organisierte eine aus Freunden von ihm bestehende Mannschaft, um die Waschräume zu putzen; und dort schloß er einen Buben der Kleinen mit ein, der Matias hieß und dessen Ruf als Schwächling so groß war, daß sogar die braveren Schüler gewisse skandalöse Details kannten. Nie wurde völlig bekannt, durch welche Sünden jene Tage des Zorns motiviert waren. Jedenfalls wurden plötzlich alle gemeinschaftlichen Unternehmungen auf unbestimmte Zeit ausgesetzt, und das Seminar tauchte in ein Klima dunkler Ruhe ein, die den Stürmen vorausgeht. Anfänglich lief das Gerücht um, daß die sechs Mitglieder der Putzkolonne bei einem unkeuschen Akt erwischt worden waren. Das Gerücht verbreitete sich in Windeseile. Die Gruppe hätte »Erst-ich-dich-dann-du-mich« gespielt. Nein, die Gruppe hätte Matias für libidinöse Akte mißbraucht. Oder nein: Es hatte sehr ernste Balgereien gegeben. Wie ernst? Vier Jungen hatten Matias festgehalten und seine Hose heruntergezogen, während Andreolli selbst (oder war es Andreozzi?) seine Schenkel an ihm rieb. Nein: Andreozzi nahm ihn mit auf die Toilette und schloß die Tür, während die anderen vier schrien und sich gegenseitig mit Wasser bespritzten. Da kam der Rektor früh genug, um ohne große Anstrengung zu sehen, daß alle unter der Hose einen Steifen hatten. Ob mehr passiert war? Niemand war sich über nichts sicher während dieser zehn Tage, an denen die ganze Gemeinschaft sich ausschließlich um die von den Patres durchgeführten strengen Untersuchungen drehte. Es wurde ein schwerfälliges Klima geistlicher Zurückgezogenheit mit Gebeten und ununterbrochenen Meditationen befohlen. Am Ende eines jeden Nachmittags kam gezwungenermaßen der Rektor, um in einer indirekten und bedrohlichen Sprache über das Ergebnis der letzten erreichten Beichten zu berichten. Langsam wurden neue Figuren in den Skandal verwickelt, der über den Fall im Waschraum hinausging und niemanden davon verschonte. Und das war es, was eine kollektive Panik auslöste. Mit Ausnahme von einigen untadeligen kleinen Heiligen fühlten sich alle Seminaristen tief im Herzen ihres umzingelten Gewissens potentiell darin verwickelt. Jedesmal dann, wenn ein Befragter entweder mit roten Augen oder bleich wie eine Leiche in den Studiersaal oder die Kapelle zurückkam, floß der kalte Schweiß Es scheint, daß Matias zum Angelpunkt von allem wurde. Von ihm ausgehend wurden die Geschichten wie von einer Spule abgewickelt. Es wurde gesagt, daß Matias auch im Geräteraum und in der Kleiderkammer während des gesamten vorausgegangenen Semesters wiederholt angegriffen worden war. Im Geräteraum standen die Großen Schlange, um Matias von hinten zu nehmen. In der Kleiderkammer, in einem völlig anderen Szenarium, geschah etwas Ähnliches: Es gab eine Art Gang, der vollständig von den dort hängenden Soutanen, die die Seminaristen an Festtagen und feierlichen Messen benutzten, gefüllt war. Es war dort, hinter den finsteren Soutanen, wo die Buben die verschwenderische Nacktheit des kleinen Matias feierten. Durch heftige Mahnreden und Drohungen ewiger Verdammnis überwältigt, beschuldigten und fürchteten sich die Schüler am Ende oft gegenseitig. In jenem Zeitraum waren plötzliche Tränenexplosionen in der Studierstube, auf dem Pausenhof, in der Kapelle und sogar im Refektorium nicht unüblich, wo mit lauter Stimme abwechselnd »Die Perle der Tugenden« — ein Büchlein, das die Wichtigkeit der Keuschheit pries — und die Apokalypse des Johannes gelesen wurden. Die Gruppe des Vogelschwarms verstummte und erschrak, als erlebte sie das Letzte Gericht. Niemand unter ihnen wagte es, während dieser zehn Tage, die das Seminar erschütterten, mit den anderen ein Wort zu wechseln. Nach den letzten Untersuchungen blieben zwölf verdächtige Schüler übrig, die in den Stand der Unansprechbarkeit übergingen, ein Zeichen für ihren nahe bevorstehenden Hinauswurf. Am 9. August, dem Feiertag des Heiligen Pfarrers zu Ars, ereignete sich die Lösung wie das Ende einer großen Niederkunft aus Eiter und Fäulnis. Der Direktor und der Spiritual versammelten die gesamte Gemeinschaft zu einer feierlichen Sitzung in der Kapelle, um darüber zu informieren, daß mit Gottes Gnade das Säuberungswerk beendet worden war. Mit lauter Stimme und in eindrucksvollem Ton wurden die Namen der zwölf Schuldigen verkündet. Obwohl alle Schüler mehr oder weniger von den Vorfällen wußten, wurde in keinem Moment auf konkrete Fakten angespielt. Der Rektor erwähnte nur ernste Akte von Zügellosigkeit, die für junge Auserwählte unakzeptabel seien und dankte der Vermittlung des Heiligen Pfarrers zu Ars, Patron der Priesterlichen Berufungen, der sie bei der Suche und Ausmerzung des Herdes der Unreinheit erleuchtet hatte. Die Gemeinschaft wurde ermahnt, seinem Beispiel bei der Pflege der Keuschheit, der Mutter aller Tugenden, und der Disziplin zu folgen. Der Rektor beendete die Predigt mit einem »Sursum corda« und erteilte anschließend den Sakramentalen Segen. Am nächsten Tag waren die Zwölf schon im Gewühle der Welt verschwunden, während die verbleibenden Erwählten die Herzen zum Himmel erhoben. In ihnen gab es eine neue Narbe und ein bißchen mehr Angst. Die Inquisition der Zwölf hat wahrscheinlich niemand je vergessen. Von da an verlor auch der Vogelschwarm viel von seinem Glanz. Er wurde nie mehr so wie früher, auch wenn die Freundschaften in seinem Inneren weitergingen und die Mechanismen der Selbstverteidigung sich verstärkt hatten. Aber seine Freude wurde weniger. Die Liebe zu den Menschen wurde wesentlich unerreichbarer. Gott hatte in einem ungleichen Kampf gewonnen. Und wer würde es wagen zu protestieren? Vielleicht wartete man im Grunde des Herzens auf eine Gelegenheit der Vergeltung. Eine unmögliche Vergeltung, das war es, worauf gewartet wurde.

# Von der Schönheit
# Gottes

**- Veränderte sich im Laufe der Zeit nicht der Erziehungsstil, der mit Feuer und Schwert den Geist der Auserwählten zeichnete?**

- Doch, dank der neuen »aggiornamento« — Orientierungen, die sich aus dem II. Vatikanischen Konzil ergaben. Sicher ist, daß sich am Anfang von Spätzchens drittem Jahr der alte Stil änderte, indem die betagten Superiores durch junge Patres ersetzt wurden. Vor allem der empfindsame Spiritual zeigte sich empört, protestierte vor dem Bischof und ließ viele Härten abschaffen. Die Hausordnung wurde weniger streng, obwohl sie eine Hausordnung blieb — denn es handelte sich um nicht so radikale Änderungen, wie wir sehen werden. Zweifelsohne empfanden die Schüler eine spürbare Erleichterung. Sie mußten sich nicht mehr in Reihen aufstellen, es wurde weniger streng bestraft, die Trennung zwischen Großen und Kleinen wog nicht mehr so schwer, und es war keine Pflicht mehr, die Schuluniformjacke zu tragen Die neue pädagogische Orientierung, die weniger traditionell war, richtete sich bei der Bewertung jedes einzelnen Seminaristen mehr oder weniger nach dem persönlichen Urteilsvermögen der jungen Vorsteher. Nachdem gewisse Barrieren zerstört waren, wurde die Gemeinschaft in einen Sog von Enthüllungen gezogen, und das Seminar entwickelte sich in wenigen Monaten zum Feld geballter Leidenschaften. Es ist allerdings wahr, daß sich dies immer hinter Mauern abspielte, zusammengedrückt in stummen Herzen und im vergeblichen Versuch, Grenzen und christliche Leidenschaften zu durchbrechen. Jener unbeugsame Gott herrschte, befahl und strafte. Er liebte jetzt mit den neuen Superiores auch auf skandalöse Weise: überschäumend wie ein frisch verliebter Gott.

**- Was für ein leidenschaftlicher Gott war das?**

- Gott waren zwei und nicht drei, wie allgemein geglaubt wird. Aber trotzdem handelte es sich nicht um ein doppelköpfiges Wesen, wie man voreilig annehmen könnte. In diesem Fall gab es zwei völlig verschiedene und sogar gegensätzliche Wesen, die sich, das ja, eine einzige Gottheit teilten. Folglich wurde hier das Drama durch die zwei neuen Superiores, die angekommen waren, um die Posten des Rektors und des Spirirualen einzunehmen, koordiniert. Der erste trug eine strenge, schwarze Soutane. Der zweite bevorzugte leichtere Tracht und trug während des ganzen Jahres tadellos weiße Soutanen — »Transparenzen, um die Seele nicht zu verdecken«, wie er manchmal sagte. Zusammengefaßt handelte es sich um zwei Wesen, die nicht nur im Geiste wunderschön waren, sondern mit einem Ausdruck von Ewigkeit regierten und die absolute Liebe um sich herum erschufen.

**- Warum war Gott wunderschön?**

- Gott war wunderschön, weil beide, faszinierend und verschieden, in der ganzen Kraft ihrer Jugend erstrahlten. Der Spiritual, der das Innenleben der Knaben orientierte, war von einer sanften Blondheit und verströmte mütterliche Zärtlichkeit. Der neue Rektor, verantwortlich für ein solides Disziplinarleben, stammte von Portugiesen ab und trug jene sinnliche Dunkelheit der Iberer zur Schau. Wenn er ging, erinnerte er übrigens an die gleichzeitig anmutige und untadelige Haltung eines Rassefohlens.

**- Warum regierten sie mit einem Anschein von Ewigkeit?**

- Weil sie geistlich allmächtig schienen in jenem von sechzig durstigen Kindern gefülltem Universum, unter denen sie begannen, ihre Göttlichkeit zu verteilen, oder besser gesagt, sich gegenseitig das Schenken ihrer großherzigen Göttlichkeit streitig zu machen, die nicht nur innerhalb der geheiligten christlichen Prinzipien strafte und anleitete, sondern auch auf skandalöse Weise liebte, wie vor kurzem erwähnt wurde. Mit anderen Worten existierte ihre Strenge nur als Vorwand, damit sich die Schleusen der Liebe öffnen konnten.

**- Warum wurde gesagt, daß sie die absolute Liebe um sich herum erschufen?**

- Einfach deshalb, weil von ihrer Schönheit alle Liebe herausströmte, das heißt, sie offenbarte sich als eine Liebe, die grenzenlos war. Das aufkeimende (aber deshalb nicht weniger überwältigende) Verlangen der 60 Auserwählten begann, sich im Geist zwei allerhöchste Bilder auszumalen, und machte sich daran, sie mit jener Begeisterung zu lieben, wie jemand, der nach seiner absoluten Liebe sucht. Wenn jene zwei Patres erschienen waren wie ein Vulkankrater, der in plötzliche Aktivität tritt, so tauchten die kleinen Auserwählten des Herrn in eine Art libidinöse Lava ein und begannen, sich die beiden mit all ihren Waffen und Rechten gegenseitig streitig zu machen. In diesem, im allgemeinen unterschwelligen, aber manchmal bis zu Extremen der Grausamkeit verschärften Streit gab es teuflische Züge, wie im folgenden erwähnt sein wird. Die Wahrheit ist, daß die Jungen dank dieses hohen Liebesfiebers in einen Zyklus eintraten, der von chronischer Eifersucht aufeinander gekennzeichnet war.

**- Wie könnte diese Faszination genannt werden, die von zwei in ihrer Funktion ähnliche und in ihrer Persönlichkeit so verschiedene Wesen ausgestrahlt wurde?**

- Sie könnte das Geheimnis der faszinierenden Autorität genannt werden. Die beiden Superiores wurden als sichtbare (fast greifbare) Verkörperung Gottes geliebt.

**- Und wie konnte die Gottheit, etwas so Transzendentales, durch eine so fleischliche Liebe angebetet werden?**

- Das war nur möglich, weil die Gottheit sich fleischlich verkörpert hatte und die Transzendenz im Alltag jener Leben lebendig war.

**- Also hatte Gott endgültig einen Körper wie die Menschen?**

- Gott war endgültig nicht nur in der Botschaft jener zwei Patres anwesend. Gott hatte einen Körper. Und die Seminaristen begannen, sich nach dem Fleisch dieses zweigeteilten Gottes zu sehnen, während sie die absolute Liebe anbeteten — absolut im Sinne der Suche nach den letzten Konsequenzen.

**- Und war man sich dieser Liebe bewußt?**

- Nicht ganz. Aber ohne Zweifel waren sich die Kleinen weniger darüber bewußt als die Großen. Wenn der Rektor und der Spiritual nach dem Mittagessen auf den Pausenhof kamen, gab es so etwas wie einen Schwarm in ihre Richtung. Die Buben unterbrachen ihre

Beschäftigungen, um ihren Segen zu erbitten. Von diesem Augenblick an vollzogen die beiden täglich ihren triumphalen Eintritt in die wirkliche Welt ihrer kleinen Verehrer. Bis dahin hatten sie sich als abstrakte und ferne Wesen verhalten, die die Ordnung des Hauses hüteten und vormittags einige Unterrichtsstunden gaben.

- **Wie nannte sich dieses allerheiligste Zweiergespann?**

- Der dunkle Herr (oder, sagen wir, die dunkle Verkörperung des Herrn) hieß Pater Augusto oder Pater Rektor. Der blonde Herr (Abbild der zarteren Seite der Gottheit) erfüllte die Aufgaben des Spiritualen und hieß Mario, aber er zog es vor, auf den Namen Pater Marinho zu hören — »blauer (Aqua)marin(ho)«, wie er gern in Anspielung auf die Farben seiner Augen scherzte. Es wurde gesagt, daß er bei den Karmelitern studiert hatte; von daher sein akzentuierter Geschmack für das mystische Leben.

- **Es wurde anläßlich der Liebe, die die Buben ihnen sofort entgegenbrachten, von libidinöser Lava und teuflischen Zügen gesprochen. Wie verwirklichte sich diese Liebe in der Praxis?**

- Die Liebe, die von den zwei jungen Patres ausströmte, schlug Wurzeln verschiedener Stärke und erblühte in alle Richtungen, obwohl es weiterhin ausdrücklich verboten war, die sogenannten Privatfreundschaften zu pflegen, so daß eine extreme Vorsicht bezüglich der »affektiven Probleme« der Seminaristen herrschte. Entgegen dieser Vorschrift glich die Atmosphäre — wenn es möglich wäre, sie durch Filter zu beobachten — einem großen Fest der Leidenschaften. Leidenschaften, die selbstverständlich in Gott begannen; von daher war die einzige legitime (weil geheiligte) Liebe jene zwischen den Knaben und ihren Superiores — ein Reflex des Kontakts zwischen dem Geschöpf und seinem Schöpfer. Pater Augusto zum Beispiel wählte sich gerne Lieblinge — die in der ortsüblichen Umgangssprache außer »Fischchen« auch »Tesafilm« genannt wurden. Monatlich, wöchentlich oder vierzehntägig wechselte das »Fischchen«, da es unabänderlich ein Heranwachsender der Großen war. Dann gab es stumme Wettkämpfe zwischen dem Entthronten und dem neuen Throninhaber. Einmal nutzte ein ehemaliger »Tesafilm« seine Aufgabe als Servierer im Refektorium und schüttete versteckt mindestens ein halbes Glas Pfeffersauce in das Kürbismus seines Rivalen, des neuen Schützlings des Rektors. Auf beiden Seiten gab es großes Geheul — vor allem, weil Malaguetta-Pfeffer im Mund der anderen noch mehr brennt, wenn es sich um Leidenschaft handelt. Der Angreifer, vom Hinauswurf bedroht, verließ kurze Zeit später spontan das Seminar, da er sich nicht damit abfinden konnte, das Liebesvorrecht Gottes verloren zu haben. Ein anderes Mal entlud sich diese Eifersucht auf eine nicht weniger grausame Weise: Ein (besonders unsympathisches) Fischchen des Rektors zog sich gerade vor dem Schlafengehen auf der Toilette den Pyjama an, als ihm etwas auf den Kopf fiel. Beim Tasten nach dem Objekt fühlte der Bub den klebrigen Kontakt desjenigen Tieres, welches er als das ekelhafteste von allen empfand: eine Kröte — klein, aber eben eine Kröte. Sofort begann er zu schreien und durchquerte den Schlafsaal, als nähme er an einem unvorhergesehenen nächtlichen Marathonlauf teil, um in das Zimmer seines Beschützers zu flüchten. Von da an wurde er in Anspielung darauf Fröschchen genannt — in doppelt verächtlichem Sinne. Da sich seine Regierungszeit zu sehr in die Länge zog, wurde Fröschchen (der ein blonder Porzellan-Ephebe war) Opfer eines anderen berühmten Handstreichs. Er fand einmal im Wäscheschrank (jeder Schüler hatte einen eigenen) einen Riegel mit Rosinen gefüllter Milchschokolade — unzweifelhaft eine zärtliche Geste seines Rektors; wenigstens war es das, was er dachte, nach der offensichtlichen Art zu urteilen, in der er sich beim Frühstück am nächsten Morgen daran machte, vor allen anderen den Schokoladenriegel zu verschlingen. Erst nach dem zweiten großzügigen Biß merkte Fröschchen, daß er mit Zahnpasta überzogene Ziegenkotkügelchen aß — alles natürlich mit viel Zucker und Zimt abgeschmeckt. Es gab andere anonyme und fast tägliche Aggressionen. Das Gedächtnis hat eine besonders einfallsreiche bewahrt. Da Fröschchen hypochondrische Tendenzen hatte, wollte er einmal wegen Schmerzen in den Nieren einen Urintest machen. Welch ein Schrecken, als er beim Auffangen des ersten Morgenurins diesen bis zum Überlaufen des Glases kochen sah! Entsetzt, als hätte er Lepra, lief er ins Krankenzimmer, totenblaß und ohne ein Wort herausbringen zu können. Der Krankenpfleger entdeckte ohne große Mühe, daß jemand Fruchtsalz auf den Grund des Behälters gestreut hatte. In all diesen Fällen gab es keine offiziellen Repressalien, da der Angreifer anonym blieb. Aber was es gab, waren unkontrollierte Lachexplosionen in der gesamten Gemeinschaft. Da in diesem geschlossenen Raum die aufblühende Leidenschaft gelebt wurde, setzte sich unter den Großen ein wahrer Wettbewerb ohne Regeln durch. Um die Gunst des Rektors zu erreichen, gingen die Jugendlichen so weit, sich gegenseitig zu verraten. Dies war der Fall bei einem Buben, der Schnute hieß (er weinte aus nichtigsten Gründen), der Listen der von seinen Kameraden begangenen Fehler anlegte, um sie dem Rektor zu überreichen. Es handelte sich um den wahren Ausbruch einer Epidemie, in der die Schüler selber dazu übergingen, die Disziplin zu kontrollieren, da jeder jeden überwachte — mit Ausnahme der Freundesgruppen. Sodaß es aufgrund der Notwendigkeit, sich zu schützen, auch ein günstiger Zeitabschnitt für die »Klüngel« war. Natürlich erkannte Pater Augusto die Gefahr dieser Situation und unterbrach den Zyklus der Bespitzelung durch einen zweistündigen Vortrag gegen den Verrat. Er erinnerte an Judas, einen Unglücklichen, der bis zum Schluß nicht bemerkte, wie sehr der Herr ihn liebte, und am Ende erwähnte er auf emphatische Weise die Unendlichkeit der Liebe Gottes, für die es weder Grenzen noch Privilegien gab. Es ist klar, daß die Jungen seine Worte nicht völlig ernst nehmen konnten. Schon deshalb nicht, weil es jene gab, die wegen ihrer Schönheit, Sanftheit und der von ihnen ausgehenden Faszination im Vorteil waren und deshalb geliebt wurden, während andere aus entgegengesetzten Gründen besonders ungeliebt waren. Klassisch war der Fall von Bento, einem Jungen, der aus dem Amazonasgebiet kam und auch auf den Beinamen Kaugummi-des-Jaguars hörte. Die Angemessenheit des Spitznamens zeigte sich auf kristallklare Weise bei einer nur oberflächlichen Prüfung der Figur Bentos: pockennarbiges Gesichtchen, gefletschte Zähne, Hakennase, gebeugter und magerer Körper, schwerfälliger Gang. Zu diesem Umstand gesellte sich die Tatsache, daß die Natur ihn weder für Latein noch für Mathematik, Geschichte oder Erdkunde mit großer Intelligenz ausgestattet hatte, trotz seines natürlichen Hangs zur Literatur (die er oft mit der billigsten Redekunst verwechselte). Abgesehen davon hatte er den unangenehmen Tick, seinen Kopf ruckartig hin- und herzuschütteln, so als verscheuche er unsichtbare Fliegen. Er hatte sich, vielleicht aufgrund moralischer Skrupel, in einen Besessenen verwandelt, was seine körperliche Reinheit anbetraf: Er wusch sich ständig die Hände, besonders, nachdem er irgendetwas berührt hatte. Um sie nicht schmutzig zu machen, berührte er die Objekte nur mit den Fingerspitzen; vor dem Mittag- und Abendessen wusch er sie lange und steckte sie bis zum Augenblick des Essens in die Hosentaschen. Aus diesen Gründen war er ein bevorzugtes Opfer des Zorns des Rektors, dem er eine unermeßliche Liebe entgegenbrachte, die aber nicht groß genug war, um ihm dabei zu helfen, die lateinischen Deklinationen in den Unterrichtsstunden, die Pater Augusto der dritten und vierten Gymnasialklasse gab, besser zu lernen. Daher steckte Bentinho Kaugummi-des-Jaguars während dieser Stunden oft Prügel ein. Er bekam Linealschläge auf den Rücken und Radiergummis an den Kopf, wenn er den Unterricht nicht mit einem völlig mit bunten Kreidestrichen übersäten Gesicht verließ: Jeder Strich entsprach einer wütenden Reaktion des Rektors gegenüber den schockierenden Neuerungen, die Kaugummi in die Sprache Virgils und Ovids einführte. Nicht, daß er sich nicht anstrengte. Im Versuch, durch Heiligkeit einen Ausgleich zu schaffen, verbrachte er einen Teil der freien Stunden in der Kapelle und betete, umgürtet mit seinem prächtigen breiten Band der Marienbruderschaft. Und er sehnte sich so sehr nach der Liebe, daß er, nachdem er ein Kapitel eines gewissen französischen Mystikers gelesen hatte, beschloß, sein Leben radikal zu ändern. Er neigte eigentlich eher zur Lektüre der Klappentexte, denn er behauptete, sich schwer konzentrieren zu können. Dadurch nahm er unglücklicherweise keine Kenntnis vom darauffolgenden Kapitel, in dem vom Unverständnis erzählt wurde, dem der Mystiker begegnete. Dasselbe Unverständnis würde Kaugummi-des-Jaguars am eigenen Leibe erfahren, nachdem er sich arglos für diese merkwürdige Form, ein Heiliger zu sein, entschieden hatte: durch Lächeln.

**- Und wie kann man nur durch Lächeln ein Heiliger sein?**

- Vor allem dadurch, daß man rigoros die Anweisungen des französischen Mystikers befolgt, für den das Lächeln die Kraft der Befriedigung, der Sanftheit, der Ruhe und der Ausstrahlung hatte. Durch den Spiritualen angeregt, las Kaugummi einmal öffentlich, während einer Theateraufführung, einen gewissen Abschnitt des Mystikers, der Dinge sagte, wie: »Wenn das Kreuz Christi ermüdet und schmerzt, ist es notwendig, die Kraft für die Mildtätigkeit des Lächelns zu haben. Denn das Lächeln ist ein Liebesdienst, der die innere Freude widerspiegelt. Wanderer, seien wir Träger des Lächelns und damit Sämänner der Freude«. Kaugummi nahm alles so ernst, daß er in Unterhaltungen mit seinem Klüngel begann, einen gewissen »Orden des Lächelns« auszuarbeiten, dessen Teilnehmer Erleuchtete Brüderlein heißen und sich über ganz Brasilien verstreuen würden, um die Brasilianer zum Lächeln zu bekehren und so zu bewirken, daß das ganze Land glücklicher würde: von den Amazonasindianern bis zu den, wie er sagte, Gebildeten der Universitäten. Dann verbrachte Kaugummi mindestens einen Monat in der größten Begeisterung und versprach sogar, das Buch der Ordensregeln des neuen Ordens sowie ein Werbebüchlein mit dem prophetischen Namen »Stattdessen regiert der Schmerz in den Lüften« zu schreiben, in dem er erklären wollte, wie soviel Schmerz durch soviel Freude ersetzt werden konnte.

**- Und wie kam es, daß soviel Anstrengung zu lächeln, soviel Unglück hervorrief?**

- Nachdem dieser Monat der Erleuchtung vorbei war, in dem Kaugummi ein unermüdliches Lächeln selbst während seiner Mahlzeiten zeigte, übernahm es der Rektor unfreiwillig, den Orden, das Buch der Ordensregeln und das Werbebüchlein zu zerstören. Während einer Lateinstunde beging Kaugummi, immer lächelnd, ein besonders schreckliches Verbrechen gegen die lingua-mater — wenigstens kann dies nach der ungewöhnlich heftigen Reaktion des Rektors angenommen werden, der ihm Büchern, Stifte, Radiergummi, Kreide und allem, was er in Reichweite fand, an den Kopf warf. Danach strichelte er ihm das Gesicht von der Stirn bis zum Kinn mit einem roten Kugelschreiber voll. Es war wahrhaft schockierend: Während dieser gesamten verständlichen Tobsuchtsexplosion bewegte Kaugummi keinen einzigen Gesichtsmuskel und lächelte ohne Unterlaß. Sprachlos stürzte sich Pater Augusto auf ihn und brüllte, während er ihm eine echte Ohrfeige verehrte, daß er dieses verfluchte »sarkastische Grinsen« nicht mehr ertragen könne. Dies war für Kaugummi mit Recht der Gipfelpunkt der Enttäuschung und der Tropfen Wasser, der das Faß zum Überlaufen brachte und alle seine Anstrengungen, geliebt zu werden, zunichte machte. Die Enttäuschung wurde dadurch noch verstärkt, daß sein geliebter Rektor, noch nicht befriedigt, ihn sofort aus dem Klassenzimmer warf. Kaugummi ging langsam und immer lächelnd hinaus. Er durchquerte lächelnd den Mittelgang und wurde zwanzig Minuten später während der neun-Uhr-fünfzig-Pause lächelnd oben auf dem Turm der Kapelle gesehen. Übrigens bemerkten ihn die Großen nur deshalb, weil er außer zu lächeln damit begann, ein Lied von Anfang bis Ende sang, das in seinen Augen perfekt den Geist der Heiligung durch das Lächeln ausdrückte.

**- Und was war das für ein Lied?**

- Eins, das in jener Zeit viel gesungen wurde. Sodaß er, mit falscher aber klarer Stimme, den gesamten Text, den das Gedächtnis nie vergessen hat, Wort für Wort herunterspulte:

»Ein Vöglein zeigte mir ein glücklich' Lied.
Und immer, wenn ich traurig bin,
ja, trauriger als traurig bin,
denk' ich an dieses Lied, das sagt:


Singend verbring' ich mein Leben,
ach Lilli, ach Lilli, ach Lo;
und deshalb bin ich immer froh,
denn was vorbei ist, ist vorbei;
die Welt, die dreht sich schnell,
und ich, ich dreh mich mit und
singe, dies glücklich' Lied, das sagt:
ach Lilli, ach Lilli, ach Lo;
und deshalb bin ich immer froh,
ach Lilli, ach Lilli, ach Lo.«

Als er dies beendete, brach Kaugummi-des-Jaguars in einen bedrückenden Tränenstrom aus und machte, unglücklicher als er jemals gesehen worden war, einen entschlossenen Schritt ins Leere. Der Rektor, erfahren in bezug auf die Liebe Jugendlicher, hatte schon für eine Gruppe starker Burschen gesorgt, die genau im richtigen Moment oben auf dem Turm ankamen, Kaugummi festhielten und ihn daran hinderten, in seinen Brunnen der Verzweiflung zu springen. Monatelang kommentierte die Gemeinschaft bis zum

Überdruß das Scheitern des Ordens des Lächelns und lachte in Wirklichkeit viel dabei. Kaugummi verbrachte ein paar Tage im Elternhaus, um auszuruhen. Und die Tür, die zum Turm der Kapelle führte, blieb von da an streng verschlossen, wodurch weitere Liebesbekundungen verhindert wurden, wie wir in Einzelheit später noch sehen werden.

**- Welcher der beiden Superiores war größer, mächtiger oder weiser?**

- Im Prinzip waren sie beide auf undurchdringliche Weise gleich, weil sie beide Superiores waren. Aber obwohl es unangebracht ist, auf dieser Ebene Vergleiche anzustellen, muß zugegeben werden, daß die beiden ziemlich verschieden waren. Richtig ist auch, daß ihre Unterschiede so gut wie möglich unterdrückt wurden, um die heiligste oberste Einheit nicht zu durchbrechen. Es wird zum Beispiel gesagt, daß die beiden über den Fall von Kaugummi-des-Jaguars ernsthaft diskutierten, wo ihre Meinungsverschiedenheiten hinsichtlich der Erziehungsmethoden klar und offenkundig wurden. Pater Marinho fand den Rektor zu streng. Und Pater Augusto fand den Spiritualen zu nachsichtig. Aber in Wirklichkeit gab es zwischen beiden eine tiefere Auseinandersetzung, die von unterschiedlichem persönlichem Geschmack und Stil ausging.

**- Welche zwei Temperamente repräsentierten die beiden?**

- Den Mystiker und den Wissenschaftler.

**- In welchen anderen Punkten wichen sie voneinander ab?**

- Pater Marinho widmete sich mehr den Kleineren, während Pater Augusto die Großen bevorzugte. Wenn der Spiritual durch seine von der Zärtlichkeit untrennbare Schönheit gefangennahm, so war es die männliche Schönheit des Rektors, die auf die Jugendlichen Faszination ausübte. Es wäre nicht übertrieben, von Mutter und Vater zu sprechen. Der Vater-Rektor zum Beispiel sorgte sich mehr um die Körper und Charaktere der Jungen. In seinen monatlichen Vorträgen bezog er sich häufig auf die Disziplin als einem Instrument, um Männer in Großbuchstaben zu schmieden — und damit wollte er sagen, »echte Kerle«. Natürlich zeigte er gegenüber den zarten Knaben Mißfallen und verachtete die Schwächlinge — welche aus offensichtlichen Gründen den Spiritualen bevorzugten, auch wenn sie schon in die Gruppe der Großen aufgenommen waren. Da er jeder Form von Geziertheit feindlich gesinnt war, kritisierte der Rektor scharf die Gewohnheit, Brillantine im Haar zu tragen, als einen Akt extremer Eitelkeit, der für maskuline Temperamente unangemessen war. Vielleicht auch deshalb, weil er mit den Frisuren von Elvis Presley, des großen weltlichen Idols jener Zeit, wenig vertraut war. Selbstverständlich ging dieses Mißfallen dem Beichtvater gegen den Strich, denn dieser gutmütige Alte, dem die Nase immer lief, kämmte sich gerne in einem vielleicht an Rudolf Valentino erinnernden Stil. Und dieser liebte ja ebenfalls die Brillantine. Die Sorge des Rektors um die Männlichkeit der Buben führte ihn zu extremem Verhalten, wie im Fall seines Lieblings, dem Fröschchen, den er zwei Monate lang jeden Morgen nüchtern zu einer Ochsenblut-Diät zwang — mit dem Ziel, »das Blut und das Temperament zu stärken«, wie er sagte. Schließlich formte für ihn das Körperliche den Charakter. Daher rührte seine besondere Sorgfalt in bezug auf die körperliche Entwicklung der Jugendlichen.

**- Wie äußerte sich diese Sorgfalt?**

- Kurz vor der Schlafenszeit rief Pater Augusto die Jungen einzeln in sein Zimmer — höchstens drei pro Abend und in alphabetischer Reihenfolge. Dann befahl er ihnen, sich auszuziehen und untersuchte sie energisch, um ihre Gesundheit zu überprüfen und sicherzugehen, daß sie die Hygieneregeln, die er ihnen vorschrieb, beachteten. Bei einer dieser Untersuchungen entdeckte er zum Beispiel eine Genitalentzündung aufgrund mangelhafter Sauberkeit. Und von da an gab er sich die größte Mühe, den Jungen zu zeigen, wie man die Vorhaut zurückzieht und mit Seife die Genitalien wäscht, ohne Angst haben zu müssen, die Männlichkeit zu verlieren. Er tat dies alles mit extremer Objektivität, aber seine professionellen Gesten schafften es nicht, untergründige Intentionen zu verbergen, die von den empfindlicheren Schülern aufgefangen wurden. Sodaß es nicht ungewöhnlich war, wenn die Untersuchungen mit schlecht zurückgehaltenen Erektionen der durch den warmen und erfahrenen Kontakt des geliebten Rektors erregten kleinen Glieder zu Ende ging.

**- Gab es auch einen Moment ausdrücklicher Erregung seitens des Rektors selbst?**

- Darüber wußte man nicht viel. Unübersehbar — weil nicht zu verstecken — war die Anziehung, die er für den Geruch jugendlicher Körper empfand. Er umkreiste sie wie ein Stierkämpfer, der um sie herumtänzelt, schnüffelte mit subtilen Schnaufern und näherte sich langsam, bis er seine Untersuchungsobjekte, seine Gegner oder Spielgefährten hypnotisch beherrschte. Er beschnüffelte sie als Teil der Untersuchung, doch er konnte den Impuls der Leidenschaft, der in seine Nasenlöcher hineinzog, nicht verbergen. In bezug auf seine Fischchen war die Behandlung sicherlich ganz besonders. Es wird gesagt, daß er sie in einer entspannteren Weise befühlte und sie in gewissen Fällen mit klitzekleinen, nur dem Anschein nach unbeholfenen Küssen bedeckte, denn auf diese Weise liebte er es, ihnen verschwommene Seufzer zu entreißen, unbestimmte und beredte Beweise seiner Meisterschaft. Mit seltenen Ausnahmen behielten die Fischchen ihre Geheimnisse als Liebesbeweise für sich. Es gab jedoch viel Getuschel innerhalb der enger mit dem Spiritualen verbundenen Klüngel. Aber nie wußte man mit Sicherheit, wo die wirklichen Tatsachen zwischen vier Wänden endeten und die phantasievollen Zusätze der übergangenen Jugendlichen, die von Eifersucht zerfressen wurden, begannen.

**- So tief war der Wunsch nach Kontakt mit dem Geheimnis der Autorität?**

- Er war so tief, wie man es sich nur vorstellen kann: Pfähle, die sich in die Fundamente jener Liebschaften bohrten, die sich im Aufbau befanden, und die auch die Widerstandsfähigsten niederwarfen. Es gab Jugendliche, die schon Tage vorher in Panik gerieten, noch bevor sie überhaupt an die Reihe kamen, um inspiziert zu werden. Natürlich war die Panik Teil des Zaubers: Die Jugendlichen zitterten beim Tanz des Verführers, den sie zu verführen versuchten. Der Alarm in ihnen ging definitiv dann los, wenn sie, noch von weitem, fühlten, daß sich die Nasenflügel des Rektors kreisförmig aufblähten, unanfechtbarer Beweis dafür, daß sie fähig waren, zu erschüttern und die Leidenschaft Gottes auf sich zu ziehen. Es gab Kälteschauer und Hitzewallungen, weder alleine des Fleisches noch insbesondere des Geistes: Man wußte nicht mehr, in welche Gebiete die Liebe eingedrungen war. Alles, was die Jungen fühlten, war die Anwesenheit eines fühlbaren, starken und schützenden Herrn, der so unermeßlich war, daß er weder ihre Hände noch all ihre sehnsüchtigen Küsse ausfüllen würde. Sie wurden in diese Wellen ausgetauschter Schwingungen eingehüllt, verloren in einem Raum, in dem Engel außerhalb der Grenzen umherflogen. Genau dann verließen ihre Geschlechtsorgane in einer unkontrollierten Bewegung den behaglichen Schoß der ersten Schamhaare und schwebten in reiner Ekstase schon zu Beginn der Untersuchung.

**- Und was sagte der Rektor angesichts dieser wenig subtilen mystischen Neigung, die das Fleisch wachsen ließ?**

- Er unterbrach die Ekstase mit irgendeinem indirekten Tadel — »Wäschst du den Pimmel nicht richtig, Junge?« oder »Du mußt mehr Sport treiben, um diese Oberschenkel zu kräftigen«. Aber niemals spielte er auf die Tatsache an sich an — das steife Glied — denn, auch wenn er die Mittel nicht guthieß, gefiel ihm das Ergebnis. Und das konnte am ungewöhnlichen Glanz nachgeprüft werden, den seine Augen ausstrahlten, wenn das junge Begehren seine Masten hißte.

**- Warum wurde gesagt, daß der Rektor die Mittel nicht befürwortete?**

- Weil in diesen steifen Schwänzen mystische Anbetung lag. Und die Mystik war das exklusive Feld des Spiritualen.

**- Also konnte, was mystisch war, nur spirituell sein?**

- Nein. Auch deshalb nicht, weil der Rektor es nie unterließ, sich auf die Transzendenz zu beziehen. Aber er wäre mit seinen apollinischen Vorlieben niemals ein Mystiker. In bezug auf die Selbstbefriedigung, die weiterhin rigoros kontrolliert wurde, äußerte sich der Rektor in seinen Inspektionen so: »Laß mal deine Brust sehen. Mann, Mann, was für eine geschwollene Brust. Zuviel Selbstbefriedigung, Junge. Sieh zu, daß du vernünftig wirst. Eine geschwollene

Brust beim Mann ist häßlich«. Der Spiritual dagegen war anders: Er trat mit seinen Kleinen in Beziehung und sorgte für sie, als schwebte er von Anfang an und riefe sie zu sich in die Höhen. Er wandte poetische Listen an: Im Falle der Selbstbefriedigung wickelte er Bändchen verschiedener Farben um das Glied der rückfälligsten Knaben. Die verschiedenen Farben entsprachen der Schwere der Masturbationsphasen. Für eine Kontrolle, die er persönlich und mit Strenge durchführte, zwang er die Buben, bei jeder neuen Masturbation einen Knoten in das Bändchen zu machen. So verfolgte er mit viel Phantasie die sündhafte Tätigkeit der Kleinen. Und wenn er sie strafte, dann, um ihren Geist zu erheben. Wenn er soweit ging, seine Schützlinge zu liebkosen, achtete er darauf, sie nicht innerlich zu beunruhigen. Er drückte die Hand des einen, strich über das Gesicht eines anderen und ging sogar, das ein oder andere Mal bis zu Berührungen, die kühner schienen. In diesen Fällen beruhigte er sie sofort mit überzeugenden Erklärungen. Er spielte auf den Satz an, den er über seine Tür hatte schreiben lassen: UBI CARITAS ET AMOR, DEUS IBI EST (»Wo Menschenfreundlichkeit und Liebe sind, dort weilt Gott«). Oder er setzte den Knaben zurückgelehnt auf sein Knie und erklärte ihm auf die sanfteste Art und Weise: »Wenn es wirkliche Nächstenliebe zwischen uns gibt, dann wird Gott mit uns sein«. Wenn die Buben ihm während der geistlichen Lenkung unanständige Dinge erzählten, ließ er sie auf dem Stuhl knien (»Damit sie, indem sie sich erheben, Gott besser um Vergebung bitten können«) und berührte ihre Füße zart mit den Lippen, während sie beteten. Und er erklärte: »Im Namen der Gnade gegenüber der Sünde wiederholt sich hier die Liebesgeste Christi beim Letzten Abendmahl«. Langsam formten diese Lippenberührungen ausdrückliche Küsse, denen es nie an Zärtlichkeit fehlte, und in denen er die Füße der kleinen Büßer badete. Die Qualität seiner Beziehung zu den Schützlingen unterschied sich noch mehr von der des Rektors, wenn man einen gewissen offen spielerischen Gehalt berücksichtigt, aus dem sie bestand.

**- Welches sind andere Beispiele dieses spielerischen Gehalts?**

- Pater Marinho hatte einen Stempel mit dem flammenden Herzen Jesu. Er liebte es, die Brust der Knaben genau auf der Höhe des Herzens zu stempeln. »Damit eure Herzen in der Liebe zu Christus brennen«, sagte er. In der Pause machten sich die Großen über die Kleinen lustig: »Heute schon gestempelt worden?« Pater Marinho störte das nicht, denn er kannte den tieferen Sinn seiner Spielchen. Er verteilte zarte Heiligenbildchen in wunderschönen Farben an die Buben, die es schafften, die Versuchungen des Fleisches zu besiegen. Es waren beständig Bilder, auf denen Jesus Kindlein streichelte oder sie mit einer schüchternen Geste umarmte.

**- Ist dies nicht eine sehr bizarre Form zu lieben?**

- Ja. Aus der Entfernung betrachtet, handelte es sich um eine vielleicht bizarre Form der Liebe, die Pater Marinho jedoch trotzdem unbegrenzt haben wollte. Er schlug zum Beispiel vor, daß sich die Kinder durch ihre Tagebücher Jesus direkt mitteilen sollten. Er regte sie an, täglich zu schreiben, und so anzufangen: »Lieber Jesus.« Als sichtbarer Repräsentant Jesu hatte er natürlich Zugang zu den Tagebüchern, die ihm einschließlich dabei halfen, »die kleinen Seelen besser zu kennen, um sie in auf den Wegen der Liebe besser zu leiten«. Es ist richtig, daß sich einige Seminaristen in vertraulicheren Momenten ihres Lebens dagegen auflehnen würden, wie wir später im Fall von Spätzchen sehen werden. Aber es ist nicht zu leugnen, daß all diese Intimität die Gegenwart von Pater Marinho im Innenleben der Buben sehr auffallend machte. Auf intellektueller Ebene versuchte er, in ihnen den Geschmack für Musik und Literatur zu wecken. Er organisierte in seinem Zimmer Konzerte, die auch von vielen Großen besucht wurden, und dort führte er die Knaben in das Universum von Bach, Beethoven und Brahms ein, »die heilige Dreifaltigkeit der B's«, wie er sagte. Während der großen Pausen pflegte er die Verstärker an das Zimmerfenster zu stellen, sodaß die gesamte Gemeinschaft seine Sammlung der Klassiker hörte - zu dieser Gelegenheit in alphabetischer Reihenfolge gespielt, um »die vergessenen Schallplatten zu putzen«. Auf sein Drängen hin begannen die Schüler übrigens, zum Klang von Musik einzuschlafen und aufzuwachen — sanfter abends, schwungvoller morgens, übertragen durch zwei angebrachte Lautsprecher im Innenhof, welcher vor den Schlafsälen lag. Ihm war es auch zu verdanken, daß sich Spätzchen in die Siebte Symphonie Beethovens verliebte — jene, die bei ihrer ersten Aufführung in Wien mit Gleichgültigkeit aufgenommen wurde und der von da an am meisten Unrecht geschah, nur weil sie von den Symphonien die ungleichmäßigste ist, wie Pater Marinho erklärte. Er fügte hinzu: »In diesem Fall ist die Ungleichmäßigkeit wie ein leicht außerhalb der Norm liegendes Gewürz, das einen speziellen Charme hinzufügt, weil es den Perfektionismus der Fünften und Sechsten durchbricht«. Für ihn war in der Siebten ein verwirrter Beethoven - eine Symphonie undefinierter und gemischter, aber immer ratloser geistiger Empfindungen, weil Beethoven verliebt war, als er sie komponierte.

**- Es wurde gesagt, daß die Musik, außer zu faszinieren, den Ausdruck undefinierbarer jugendlicher Gefühle erlaubte. Wie geschah dies?**

- In Wahrheit auf sehr merkwürdige Art und Weise. Die Musik, vor allem, wenn sie zum Schlafen oder Aufwachen gespielt wurde, funktionierte als Anregung und bekam spezifische gefühlsmäßige Bedeutungen, indem sie das Innere der Kinder bewegte, wie starke Speisen den Darm. Von weitem hat man den Eindruck, daß die Superiores die Gefühle der gesamten Gemeinschaft durch die Auswahl der Schallplatten kontrollierten und ihre Herzen wie weiches Wachs formten. Wenn man in diesem Sinne von den Patres als Hexenmeistern sprechen konnte, so deshalb, weil vor allem in den Abendstunden die Musik eine anonyme und diffuse Sinnlichkeit an die Oberfläche brachte und die Geister in das Klima eines heidnischen Festes tauchte, wo Phantasien emporsprossen, die so unwirklich wie ein Zauber und greifbar wie Körper waren. Es war kein Zufall, daß sowohl der Rektor als auch der Spiritual die Seminaristen zu dieser magischen Stunde in ihren Zimmern empfingen. Vielleicht, weil die Musik Schwester der Poesie und Tochter der Traurigkeit ist, wie Pater Marinho, einen gewissen Komponisten zitierend, wiederholte. Abends ließen die runden Chöre der Verdi-Opern eine respektable und gelassene Romantik auftauchen, die die Kleinen für eine dem Frieden nahe Melancholie empfänglich machte. Beim Hören der »Unvollendeten« von Schubert galoppierte die Romantik, bei den süßeren Akkorden des Auftakts mit weichgewordenen Herzen und bei der trübseligen Melodie des zweiten Teils mit aufgeheizten Emotionen. Morgens gab es übermütiges Lächeln, wenn die »Nußknackersuite« gespielt wurde. Aber die Mienen wurden ernst, wenn die morgendliche Musik die »Fünfte Symphonie Beethovens«

war. Mit den Brandenburgischen Konzerten gab es zurückhaltende Leichtigkeit und eine unschuldige Euphorie, wenn die Flöten zwischerten. Spätzchen für seinen Teil empfand angenehme Schauder beim morgendlichen Hören des »Sacre du Printemps«. Aber er wurde unruhig und hatte schwere Träume nach dem Hören der 3.Symphonie von Brahms, die seinen Geist in feuchte Schatten mit wirbelndem Nebel hüllte, in dem sich, hier und da, die Umrisse von Gespenstern abhoben. Später, nach dem Aufblühen der Leidenschaft, würde die Musik in seinem Universum noch markanter werden: Er würde dann in den Geigenmassen, der Evolution der Hörner und Trompeten oder den Soli für Klavier und Geige die Klangfarben, Modulationen und Tempi seiner eigenen Liebe wiederfinden. Er würde entdecken, daß die Begierde in der Jugend vor allem musikalisch ist.

- **Organisierte Pater Marinho nicht gewisse literarische Wettbewerbe, außer auf Bücher hinzuweisen und zu deren Lektüre anzuleiten?**

- Ja, er organisierte Deklamationswettbewerbe von Gedichten. Bei einem dieser Wettbewerbe stellte Spätzchen übrigens Jorge de Lima vor (»Die Welt der unmöglichen Jungen«) und empörte sein Publikum, das an die hochtrabende Ausdrucksweise von Bilac, Coelho Neto, Castro Alves (»Gott, oh mein Gott, wo bist Du, daß Du nicht antwortest?«) und Martins Fontes gewöhnt war. Man kann sagen, daß er dank der Proben von Pater Marinho als der glänzendste Interpret moderner Gedichte des Seminars zu Ruhm und Ehre gelangte und verschiedene Preise gewann (einen Karton mit Luxusbriefumschlägen, ein Buch mit Gedichten von Michel Quoist, eine zusammengefaßte Biographie vom Heiligen Johannes vom Kreuz, und »Der kleine Prinz«, der sein Leben zeichnen würde). Es gefiel Pater Marinho auch, Einakter zu inszenieren — »Tarcisius, Märtyrer der Eucharistie« mit den Kleinen, und mit den Großen »Aufstieg durch die dunkle Nacht«, ein Stück in Form eines Singspiels, in dem sich die Heilige Theresa mit dem Heiligen Johannes vom Kreuz über die Vollkommene Vereinigung zwischen der Seele und ihrem Gatten Jesus Christus unterhielt. Dieses Klima intellektuellen Ansporns war es, das die asketisch-mystische Radikalität von Pater Marinho milderte. Auch deshalb, weil er im Unterschied zum schönen Pater

Augusto keine Lieblinge hatte; er behandelte alle wie eine zarte Mutter, ohne Magerkeit oder zuviele Pickel oder unangenehm verweichlichte Knaben, die für viele eine Zielscheibe des Spotts darstellten, zu diskriminieren. Berühmt waren seine Besuche im Krankenzimmer, wo er Stunden damit verbrachte, Geschichten von christlichen Heiligen, griechischen Weisen und Maya-Priestern zu erzählen — drei verschiedene Arten, die Welt zu heiligen, wie er sagte. Diese uneingeschränkte Liebe schuf eine Art Zusammenhalt unter seinen Jungen, die dazu neigten, eine vom Rektor weit entfernte und somit dem Sport weniger zugeneigte Gruppe zu bilden. Angesichts der Probleme, die solche Umstände ihm schaffen könnten, zeigte Pater Marinho sich unerschütterlich. Als der Rektor einmal in sein Zimmer platzte und vor allen sarkastisch gegen die Abwesenheit der »Mystiker« in der Sportstunde protestierte, antwortete er, ohne die Augen vom Buch zu heben, welches er gerade las: »Meinerseits finde ich es bedauerlich, daß Ihre Apolle niemals zu den Sportarten der Seele Zugang haben können. Im übrigen befinden wir uns in einem Seminar und nicht in einer Sportakademie«. Das war alles, was er sagte.

**- Wie war die Liebe seiner Kinder zu ihm?**

- Gleichzeitig leidenschaftlich und unschuldig. Sie liebten ihn mit einer Faszination, die zwiespältig war, weil voller Vertrauen und Respekt, aber auch voll intensiver Sinnlichkeit. In seinem Zimmer, das immer vor Knaben brodelte, gab es ein Klima seltsamer körperlicher Annäherung und gefühlsvoller Entspannung, so als wären viele Disziplinarregeln und die Zeit auf unerklärliche Weise aufgehoben. Anders als auf dem Fußballplatz mußte sich die Zuneigung hier nicht verstellen. Es handelte sich vor allem um einen großzügigen Raum, in den sich viele flüchteten. Sicher ist, daß man etwas Undefinierbares in der Luft fühlen konnte, so als ob sich plötzlich eine unsichtbare Tür zu einer anderen Welt öffnen würde. Übrigens war das Gefühl, in verschiedenen Welten zu leben, sehr präsent in jenen Herzen. Sie begannen, ungewöhnliche Leidenschaften zu entdecken, die genau hier den Raum fanden, um ihnen ein wenig diese unerklärlichen Leidenschaften verständlich zu machen, die sie für die Kameraden, Gott, die Musik, die Natur, das Leben empfanden. In diesem Alter ist alles Leidenschaft.

**- Wäre Pater Marinho also eine Art Sokrates?**

- Gleichzeitig Sokrates und katholisch. Vielleicht ein mystischer Sokrates, der seine eigenen Qualen linderte, indem er sich mit Knaben umgab und sie in der Phantasie fast grenzenlos liebte. Vor dem Schlafengehen, — welches seine inspirierteste Stunde war, »weil Gott uns im Dunkeln näher ist« — versammelte er gern kleine Gruppen für das, was er »Meditationen der dunklen Nacht« nannte, und dann kommentierte er das Evangelium des Johannes (»der am Busen des Herrn Jesu Frieden fand«) und Gedichte seines innigst geliebten Heiligen Johannes vom Kreuz, abgesehen von Abschnitten des Alten Testaments und fast heidnischen Abschnitten des Hohelieds Salomo — welche Spätzchen am meisten faszinierten. Laut dem Spiritualen war das Johannes-Evangelium jenes der Zärtlichkeit und Transparenz. Er pflegte zu sagen, daß diese »Liebe mit an die Brust gelehntem Kopf« absolut war und den Evangelisten Johannes in einen Visionär verwandelt hatte. Aus dieser Liebe seien die prophetischen Träume der Apokalypse geboren, eine delirierend mystische Art, auf der Suche des Geliebten zu reisen. In bezug auf das Alte Testament bevorzugte er zwei Abschnitte, die er während der Meditationen wiederholt kommentierte: den Kampf zwischen Jakob und dem Engel sowie die beinahe vollzogene Schlachtung Isaaks durch seinen Vater Abraham als Opfer an Gott. Der erste Abschnitt sprach vom Menschen im Kampf mit Gott, einem unmöglichen Kampf, in dem das Unbedeutende das Absolute besiegt. Pater Marinho fand es erhaben, daß die Größere Liebe Gottes am Ende nachgibt, da sie sich in ihrer Größe im Menschen erkennt. Dafür rührt die Episode Abrahams — der, um seine Liebe zu Gott zu beweisen, ihm seinen einzigen Sohn als Opfer anbietet — Pater Marinho fast zu Tränen. Auch Gott wird angesichts der uneingeschränkten Liebe seines Dieners Abraham gerührt gewesen sein. »Denn in der Liebe gibt es nur Absolutes«, sagte er mit dünner Stimme.

**- Und Spätzchen, war er diesem geistigen Umherschweifen zugeneigt?**

- Obwohl er schon zu den Großen gehörte, besuchte Spätzchen das Zimmer und die Meditationen für eine lange Zeit. Nicht selten hatte er das Gefühl, einen neuen geistigen Kontinent zu entdecken. Bei einer Gelegenheit verließ er das Zimmer fast schwebend, nachdem er die Worte Pater Marinhos gehört hatte, der ihm an diesem Abend größer vorkam, als sei er zwei in einem. Der Pater sprach über die Spannung, die zwischen der christlichen Moral und ihrem mystischeren Aspekt besteht, weil die Mystik die moralischen Regeln des Alltags überschreitet und auf eine höhere Ebene aufsteigt. Der hartnäckige Todeswunsch von der Heiligen Theresa (»Ich sterbe, weil ich nicht sterbe«) kann für die Moralisten schockierend sein, sagte er. Und trotzdem kann das wirkliche Leben nur dort aufblühen, wo die unbegrenzte und absolute Liebe möglich ist. Es ist kein Zufall, daß die Heilige Theresa und der Heilige Johannes vom Kreuz viel über die ewige Auferstehung des Fleisches nachdachten: Sie wollten in der Endlichkeit sterben, um in der Ewigkeit aufzuerstehen und sich körperlich mit dem Geist Gottes zu vereinen. Dann würden Fleisch und Geist ein einziges sein. Denn alles begann in der Einsamkeit, sagte Pater Marinho. Der Wunsch, den Geist zu versinnlichen, und das Bewußtsein von Gott als Totalität begannen vielleicht im menschlichen Geist von dem Moment an zu existieren, in dem sich der Mensch als einsam begriff.

**- War diese mystischen Abhandlungen für die Kinder nicht zu weit entfernt?**

- Ja, für viele von ihnen, die am Ende einschliefen, manchmal neben dem Pater. Ihm war es auf jeden Fall wichtig, daß einige Äugelchen in dem Maße, in dem er ihnen seine Visionen wie süßeste Samen zustreute, mehr und mehr glänzten. Ein Beweis dafür ist, daß Spätzchen zum Beispiel diese Worte niemals vergaß und fähig ist, sie bis zum heutigen Tag zu wiederholen. Er hörte — mit ausgefahrenen Antennen — die Erklärung, daß der Mensch beim Verzicht auf sich selbst, um in Gott aufzugehen, alles wurde, weil er in eine absolute Liebe eintauchte. Zur letzten Instanz getrieben, konnte die Liebe zu Gott nur zu Formen des Wahnsinns treiben, welchen die Mystiker in Momenten der Ekstase überfließen ließen — in denen sie liebten, liebten und nur noch liebten. Und es war wie ein goldener Höhepunkt, was Pater Marinho sagte, bevor er die Meditation beendete: »Es ist nötig, Gott zu lieben, der im anderen anwesend ist. Wenn wir uns alle so lieben, werden wir ein großer mystischer Körper sein. Wir werden alles in Christus sein. Wir werden Gott sein, der sich selbst liebt. Nur diese absolute Liebe kann uns vor dem Wahnsinn retten«. Später, immer wenn er sich über die Geheimnisse der Liebe befragte, die sich in ihm entluden, würde Spätzchen über diese Worte nachgrübeln, um mehr zu verstehen und weniger zu leiden.

**- Wurde Spätzchen in bestimmten Situationen nicht dazu gebracht, die Musik und die Mystik einander näherzubringen?**

- Ja. Er durchlebte dann völlig bizarre Wahrnehmungen. Zum Beispiel schien ihm die »Ouvertüre 1812« den Kampf zwischen Jakob und dem Engel darzustellen. Er hörte sie wie eine Folge von Schlägen und Gegenschlägen, menschliches Blut vermischte sich in den Akkorden Tschaikowskys mit göttlichem Blut, bis zum Schluß, wo sich kraft der Glocken und Gedankenexplosionen die Blutspritzer in brennende Sonnenadern verwandelten und der Mensch von Gott selbst zum Sieger erklärt wurde. Dies ist es, was das Gedächtnis behalten hat.

**- Es wurde von Rivalität zwischen den beiden Superiores gesprochen. Wie drückte sie sich aus?**

- Oft ging sie über die Grenzen der Autorität hinaus. So kolportierten einige Jungen der vierten Klasse, die eng mit dem Rektor verbunden waren, daß Pater Marinho wegen einer Privatfreundschaft mit einem Kameraden noch als Seminarist aus dem Karmeliterorden ausgeschlossen worden war. Dies klang wie ein Skandal und wurde natürlich mit Hohn erörtert. Ohne Zweifel war dies ein Teil des untergründigen (aber nicht immer stummen) Krieges, den die beiden Patres zum Schluß untereinander führten. Übrigens gingen sie oft sogar so weit, sich auf indirekte Weise vor den Schülern gegenseitig zu beschuldigen. In einem Vortrag des Rektors wurde beispielsweise der Teufel als ein blondes und unendlich zartes Wesen dargestellt, das mit seiner sanften Art verführte. In den Meditationen schlug Pater Marinho zurück, indem er sagte, daß der Teufel, in Gegensatz zu dem, was geglaubt wurde, sehr schön, sehr männlich, sehr kriegerisch sei- er liebe es, in den Krieg zu ziehen, streue jedoch aus Feigheit Intrigen und Verleumdungen aus. Die ohne Zweifel abscheuliche Erklärung, daß der Rektor nur deshalb eine Brille benutzte, um weniger zu sehen, scheint von ihm gewesen zu sein.

Pater Marinho fürchtete jene übermäßige Sehkraft, auch wenn er sie nicht nachprüfen konnte, wie ein Werk des Teufels. Er fürchtete sie so sehr wie die vernichtende Schönheit des Rektors — welcher seinerseits die Intelligenz des Spiritualen fürchtete.

**- Es wurde gesagt, daß Pater Marinho ein Gepeinigter war. Waren es mystische Schmerzen?**

- Ja, vermutlich eine Mystik des Fleisches. Pater Marinho versicherte, daß die Mystiker bevorzugte Zielscheiben des Teufels seien. Er bezog sich ständig auf die körperlichen und seelischen Qualen der Heiligen Theresa — im Versuch, sich selbst zu trösten. Aber mit Sicherheit tröstete er sich nicht nur auf intellektuelle Weise. Es wurde gesagt, daß er in einem immer verschlossenen Schrank Büßergürtel verschiedenster Art verwahrte, die um die Taille und die Oberschenkel gebunden wurden. Dinge, die in fürchterlichen Farben beschrieben wurden, voller Nägel und schneidender Objekte. Wahr oder nicht, jedenfalls konnte man in gewissen Morgengrauen unbestimmte Geräusche von Peitschenhieben aus seinem Zimmer hören, auch von Schluchzern, die wirklich unüberhörbar waren. Pater Marinho war ein Mann, der weinte. Alle Welt wußte es, und nicht einmal er selbst machte daraus ein Geheimnis. Vielleicht deshalb gingen so viele Knaben in der Stunde der geistlichen Leitung zum Weinen in sein Zimmer. Traurige, angespannte oder einfach verliebte Jungen, denen er zwischen der einen und der anderen Liebkosung sagte: Gebenedeit sind jene, die weinen, denn die Gabe der Tränen ist wertvoll.

**- Es wurde von der Mystik als dem exklusiven Gebiet des Spiritualen gesprochen. Was hat die Mystik mit all dieser Liebe zu tun, die, weil sie so wahnsinnig war, sich nicht innerhalb der Grenzen des Geistes halten konnte?**

- Sie haben vielleicht deshalb miteinander zu tun, weil die Wonnen des Fleisches der Seelenrettung nicht notwendigerweise entgegengesetzt waren. Und dies scheint eine mögliche Schlußfolgerung, geht man vom mystischen Universum Pater Marinhos aus. Nach seinem Verständnis hätten die Mystiker eine außergewöhnliche Sensibilität, die sie dazu brachte, das Gebiet des Fleisches zu durchqueren, um es zu überwinden — nicht im Sinne einer Ablehnung, sondern einer Neudimensionierung. Aufgrund ihrer großen Fähigkeit zur Liebe und zur Leidenschaft quälten sie das Fleisch, weniger mit dem Ziel, es zu zerstören, als um seine Grenzen zu überwinden und es in die Einflußsphäre des Geistes zurückzuversetzen. Dies wäre das Universum des reinen Fleisches, wie vor der Sünde Adams und Evas: ein Versuch, beim Eintauchen des Körpers in die Ewigkeit die Geschichte zu durchbrechen. Diese Bilder, wenn auch auf nebulöse Art erfaßt, entzückten Spätzchen, weil sie ihm der Liebe die Dimension eines absoluten, unbegrenzten Gebietes gaben. Und sie beeinflußten zum Schluß sein Leben, wie wir später noch sehen werden.

# Von der Fleischwerdung des Himmels und ihren Nuancen

**- Der Knabe Spätzchen schien alles auf einmal zu erleben. Wie
begann der Ruf des Fleisches in den Ruf Gottes einzubrechen?**

- Noch in seinem ersten Jahr im Seminar wäre Spätzchen fast bei einem der gemeinschaftlichen Ausflüge an den Strand ertrunken, als
eine Welle ihn unvorbereitet erwischte. Er wurde von einem Kameraden der Großen gerettet, der ihn, fast ohne Bewußtsein, mit unre-
gelmäßiger Atmung und vor Panik weit aufgerissenen Augen, auf
dem Arm bis zum Sandufer trug. Während er getragen wurde,
fühlte Spätzchen die anheimelnde Nähe der rettenden Brust und vergrub den Kopf in die krausen und üppigen Brusthaare. Das Gefühl
des Schutzes war unvergeßlich, aber es war nicht das einzige. Während ihn jene kräftigen Arme trugen, träumte er in seiner halben
Ohnmacht davon, nie wieder auf die Erde abgesetzt zu werden. Er
wünschte sich dies, soweit sein Wünschen nur reichen konnte, denn
das Verlangen war unermeßlich stark. Die Brusthaare dufteten, die
starke Brust tröstete. Die Haut der Arme, die ihn umfaßten, riefen
Wonnen hervor, deren Signale Spätzchen schon seit langem genauestens auffing. Aber dies war das erste Mal, daß er fühlte, wie sein
Fleisch in unmißverständlicher Weise aus Liebe zu den Menschen
unruhig wurde.

**- Kann man sagen, daß Spätzchen, trotz seiner Empfänglichkeit
für die männliche Erotik, in bezug auf die Fleischeslust naiv
war?**

- Der Novize Spätzchen war so naiv, daß er bei den ersten und spontanen Aktivitäten seines eigenen sexuellen Mechanismus erschrak.
Er verstand nicht, warum er eines Morgens verschmiert und mit einem riesigen Flecken in der Pyjamahose erwachte. Die Wiederholung dieser für ihn unerklärlichen Tatsache begann, ihn in Aufregung zu versetzen, und er wußte nicht, wie er sich informieren
sollte. Noch hatte er kein ausreichendes Vertrauen zu jenen, die aus
der Bande des Vogelschwarms später seine Freunde sein würden.
Aber er wurde erst richtig in Aufregung versetzt, als er kurze Zeit
später, während er sich beim Duschen mit Seife einrieb, eine Erektion bekam, gefolgt von einem Schauder im Magen und einem klebrigen Strahl. Instinktiv fürchtete er, daß dies etwas mit der Sünde
zu tun hatte. Er lief zum früheren Spiritualen und bekam nur zu hö-

ren, daß er sich weniger reiben sollte, um keine Reaktionen des unruhigen Fleisches herauszufordern, die leicht zur Sünde gegen die Keuschheit führen könnten. Von da an war er jedesmal, wenn er duschte, beunruhigt. Aber er erinnerte sich hartnäckig an die merkwürdige Befriedigung, die er immer dann empfand, wenn er verschmiert aus den Träumen erwachte, in denen er in einen Abgrund fiel wie jemand, der fliegt. Genau dann erlebte er den ungewöhnlichen Genuß in der Art eines nicht so lang andauernden und tieferen Pinkelns, das kein Pinkeln war, sondern jenen Brei freiließ, den er bald lernte Wichse zu nennen. Unter der Dusche widerstand er nicht der Versuchung und rieb sein Glied in den Händen. Sofort nachdem er den warmen Strahl empfangen hatte, betrachtete er das eigene Sperma, wie Kain das Blut seines ermordeten Bruders betrachtet hätte, und lief wieder zum Spiritualen, wo er beichtete und wieder den Rat bekam, vor den Versuchungen des Fleisches zu fliehen. Aber der Wunsch, sich zu befriedigen, war größer als das Vermögens seines Willens, sich zu zügeln. Obwohl er sich bis zum Äußersten zurückhielt und ungeheure Angst vor den Flammen der Hölle verspürte, war er in Wirklichkeit am Ende von der Idee besessen , seinen glühenden Strahl auszustoßen. Um nicht zu sündigen, erfand er eine Strategie, um die Hände nicht zu benutzen. Er hüpfte unter der Dusche, wobei sein Glied gegen den Bauch schlug, bis er ejakulierte. Trotzdem lief er atemlos ins Zimmer des Spiritualen und kam schon mit den Worten an: »Pater, ich war nicht rein in meinen Taten«. Einmal empfahl ihm der Pater als Buße, das gesamte Büchlein »Die Perle der Tugenden« mit der Hand abzuschreiben. Spätzchen erfüllte die Buße mit Freude. Aber die schönen Worte des Buches, die die Keuschheit mit einem wirklich überzeugendem Glanz vergoldeten, hatten auch den Effekt, die dazugehörige Sünde noch faszinierender zu machen, um sie am Ende mit noch größerer Hartnäckigkeit auszuüben. Spätzchen, der die Zeit damit verbrachte, in dunkle Schuldgefühle zu tauchen, besuchte mindestens einmal am Tag das Zimmer des ehemaligen Spiritualen, um die Vergebung seiner köstlichen Todsünde zu erbitten. Sicherlich wurden hier seine ersten asketisch-mystischen Neigungen geboren, die mit der Ankunft von Pater Marinho auf eine fast poetische Weise aufblühen würden. Dem Gedächtnis gelingt es noch, das merkwürdige Klima dieser Bußen und geistigen Verzückungen wiederherzustellen. Spätzchen ging mit der gleichen Euphorie von der Sünde zur Reue und von dieser zur zwanghaften Heiligung über. Auch ging er so weit, daran zu denken, Missionar zu werden. Aber er interessierte sich hauptsächlich dafür, das Leben für den Glauben hinzugeben, und er träumte davon, von den Heiden gemartert zu werden. Er begann mit wahrer Leidenschaft, die letzten Minuten des Abendessens zu verfolgen, in denen täglich das Martyrologium Romanum gelesen wurde.

**- Und was war so begeisternd am Martyrologium?**

- Es gedachte der Heiligen des Tages und erzählte von den Qualen, die sie im Namen des christlichen Glaubens erlitten hatten. Spätzchen fand es wunderschön, aus Liebe zu Jesus zu leiden, wie die Heiligen Markus und Marcelinus, die bei ihrer Verfolgung durch Kaiser Diokletian festgenommen, an einen Baumstamm gebunden wurden, wobei ihnen die Füße mit spitzen Nägeln durchbohrt wurden. Da sie aber nicht aufhörten, Christus zu preisen, stachen ihnen ihre Folterknechte Lanzen in die Seiten. Am gleichen Tag der Heilige Eterius, der enthauptet wurde, nachdem er Feuer und andere Qualen ertragen hatte. Ferner gab es die Passion des Heiligen Félix, der zu Zeiten der Kaiser Diokletian und Maximian nach den Qualen auf der Folterbank zum Tode verurteilt wurde. Die Heiligen Märtyrer Hipatius und Andreas wurden enthauptet, vorher wurden ihnen jedoch die Bärte mit Pech eingerieben und verbrannt und die Kopfhaut abgezogen. Der Heilige Pontianus aus Sardinien wurde dagegen auf Befehl des Kaisers Alexander mit Knüppelschlägen getötet. Und schließlich gab es den glückseligen Kalepodius, der auf Befehl des Kaisers Alexander enthauptet und dessen Körper durch die Stadt geschleift wurde, und weitere zweiundvierzig Personen, deren Köpfe an den verschiedenen Stadttoren aufgehängt wurden. Spätzchen hörte mit weit aufgerissenen Augen zu. Und in der Kapelle bat er Gott, ihm die Ehre des schmerzhaftesten Martyriums zu erlauben, um so zu beweisen, wie unermeßlich seine Liebe zu Jesus Christus war. Am nächsten Tag hörte er unermüdlich vom Martyrologium der Heiligen Brüder Nereus und Aquilas erzählen, die schlimmste Peitschenhiebe ertragen mußten, auf der Folterbank und dem Scheiterhaufen gemartert und danach schließlich enthauptet wurden, weil sie sich weigerten, den Götzen zu opfern. Dann kam die Heilige Corona an die Reihe, die, zum Entzücken Spätzchens, aufgrund ihrer Liebe zu Christus durch Dehnung ihrer Glieder zwischen zwei Bäumen zerrissen wurde. Anders war es beim Heiligen Simplitius, der von einer Lanze durchstochen wurde, zur Zeit des Kaisers Diokletian. Da der selige Isidor in einen Brunnen geworfen wurde, gewinnen die Kranken bis heute ihre Gesundheit wieder, wenn sie von diesem Wasser trinken. Und Spätzchen staunte über die Heilige Dimpina, Jungfrau und Märtyrerin, die auf Befehl des eigenen Vaters enthauptet wurde, weil sie im Glauben an Christus und im Bewahren ihrer Jungfräulichkeit unumstößlich blieb. Nicht minder war das Erstaunen über die Heilige Restituta, die in ein Boot voller Pech und Werg gesetzt wurde, das man zwar dann anzündete, doch die Flammen wendeten sich gegen die Folterer. Und Spätzchen hörte und grübelte über die geduldig ertragenen Schmerzen des Heiligen Dioskorus, dem die Nägel ausgerissen und die Seiten mit brennenden Fackeln verbrannt wurden, und der am Ende mit glühenden Klingen verbrannt wurde, bevor er starb. Oder die Qualen der Heiligen Alexandra, die mit einem Stein um den Hals in einen Sumpf geworfen wurde. Oder die Heilige Ciriaca, wegen ihres christlichen Glaubens mit Peitschenhieben erbarmungslos gezüchtigt und auf den Scheiterhaufen geworfen. Und die Heilige Basila, die sich weigerte, einen heidnischen Edelmann zu heiraten, und antwortete, sie habe schon den König der Könige zum Ehemann, weshalb sie mit dem Schwert durchbohrt wurde. Und der Heilige Aquila, der um Christi willen mit Eisenkämmen aufgeschlitzt wurde und so die Palme des Martyriums bekam. Später, in der Kapelle, meditierte Spätzchen lange über diese endlose Liebe zu Christus, eine Liebe jenseits aller Vorstellungskraft. Wie im Falle des Heiligen Basiliskus, dem sie mit glühenden Spitzen gespickte Eisenstiefel anzogen, ihn am Ende enthaupteten und in einen Fluß warfen. Und die Heilige Cointa, die die heidnischen Götzen nicht anbeten wollte und deshalb an Stricken durch die Stadt geschleift wurde, bis ihr Körper in Stücke zerfiel. Er konnte den geliebten Heiligen Tarcisius nicht vergessen, der, noch ein Kind, sich weigerte, das Allerheiligste den Heiden zu übergeben und deshalb von ihnen mit Stöcken und Steinen angegriffen wurde, bis er starb. Er las aus eigenem Antrieb vom Martyrium des stolzen Heiligen Sebastian, Kommandant der ersten Kohorte des Kaisers Diokletian, der, da er zugab, Christus zu lieben, von seinen eigenen Soldaten festgebunden, mit Pfeilen durchbohrt und endlich zu Tode geprügelt wurde und so die Palme des Martyriums bekam. Und so viele anonyme Märtyrer, wie jene aus Kapadokien, die unter Kaiser Diokletian mit gebrochenen Beinen starben, und andere aus Mesopotamien, die mit den Füßen nach oben aufgehängt, mit Rauch erstickt und auf kleiner Flamme verbrannt wurden. Aus Liebe zu Christus nutzte Spätzchen sein Amt als Servierer und stahl sich einmal in das Innere der Küche, wo er unter dem Vorwand, auf einen Topf mit Kürbissuppe zu warten, neben dem Holzherd stehenblieb, um den Rauch und die Hitze zu kosten, eben aus Liebe zu Christus. Und er fühlte, wie all diese Märtyrer gelitten hatten, denn er ertrug keine fünf Minuten Martyrium — auch deshalb nicht, weil es dort nur zarte Nonnen gab, die in nichts an die Folterer erinnerten, und außerdem, weil die Seminaristen begannen, ungeduldig auf die Teller zu klopfen, denn sie warteten auf das Essen. Während er das Martyrium als Beweis der Liebe zu Jesus sehnsüchtig herbeiwünschte, schlug Spätzchen die im Martyrologium beharrlich angewandten Folterarten und -instrumente nach: *Pfahl* — runder, spitzer Stab, der bei der Folter des Pfählens benutzt wurde; *Pfählen* — alte Art der Folter, bei der der Märtyrer mit einem Stab durch den After aufgespießt wurde, bis er starb; *Eisenbett* — Bank oder Rost, auf dem Märtyrer gestreckt wurden; *cilicium* — Gewebe aus Ziegenhaar oder rauher Wolle, aber im übertragenen Sinne bedeutet es jedes Objekt, das auf dem Körper getragen wird, um ihn zu kasteien; *Bleipeitsche* — Peitsche oder Geißel, versehen mit Kugeln oder Stückchen aus Blei (nicht zu verwechseln mit dem Skorpion); *Skorpion* — borstiger und stacheliger, zur Geißelung vorbereiteter Stab; *Geißel* Rute, um den Körper zu geißeln, mit einem anderen Ergebnis als das Prügeln, das mit einem *Prügel* Schlagen bedeutete, also mit einem dicken Stock oder einer Stange. Von allem wählte Spätzchen am Ende das Cilicium und ging somit der Neigung einiger Freunde des Vogelschwarms nach, jenen, denen es ebenfalls gefiel, sich auf Maiskörner zu knien oder mit einem Stein unter dem Kopfkissen zu schlafen.

**- So leidenschaftlich war Spätzchens Liebe zu Jesus?**

- Obwohl er die Anwendung des Ciliciums, das zu unbequem war, schnell wieder aufgegeben hatte, liebte Spätzchen mit Leidenschaft. Aber ihm war die Natur der von Jesus zum Ausdruck gebrachten

Liebe unbekannt (und sie beunruhigte ihn): »Liebet euren Nächsten, wie ich euch geliebt habe«. Was für eine Liebe war das? Ob Jesus mit der gleichen Strenge der alten Superiores liebte? In diesem Fall, wie konnte er dann erlauben, daß der Apostel Johannes den Kopf an seine Brust lehnte, wenn doch die gegenseitigen Berührungen verboten waren? Auf welche Weise liebte Jesus die Apostel, unter denen der Heilige Johannes war — »Jener, den er am meisten liebte«? Und die Apostel, wie liebten sie ihren Meister? Es ist klar, daß sich diese Fragen mit der Ankunft von Pater Marinho in einigen Punkten aufklärten. Aber trotzdem konnte Spätzchen die christliche Liebe nicht verstehen, die nicht über die Worte hinausging und in der einfachen Theorie verblieb. Stattdessen suchte er ihre spezifische Form der Verwirklichung. Für ihn war die Liebe immer sehr konkret: Etwas, das man fühlt und sofort in der Sehnsucht nach Berührung und Gegenseitigkeit nach außen gießt. Deshalb zog ihn das Bild des Heiligen Johannes, den Kopf an die Brust Jesu gelehnt, so an. Und es war genau das Johannes-Evangelium, das dieses Beharren nach wirklicher Liebe ausdrückte. Wie nach der Auferstehung, als Jesus Petrus dreimal fragte: »Liebst du mich?«, und Petrus dreimal antwortete: »Herr, du weißt, daß ich dich liebe«. Also, so folgerte scharfsinnig Spätzchen, war es im Evangelium nicht verboten, einem anderen Mann zu sagen: »Ich liebe dich«. Wenn dies zwischen Jesus und seinen Jüngern geschah, warum wurde es später verboten? Das waren Dinge, die er nie verstehen konnte.

**- Wie kam es, daß sich Spätzchen Jesus stärker näherte?**

- Auf Drängen von Pater Marinho, der ihm riet, ein an Jesus gerichtetes Tagebuch zu schreiben. Dem vertraute Spätzchen (fast) alles an und er wollte ein wirklicher Freund Jesu sein. In dieser Zeit begann er, bei zahlreichen spontanen Besuchen des Allerheiligsten in der Kapelle lange Gespräche mit Christus zu führen. Er gewöhnte sich an, ihn mit »du« anzureden, wie man es mit einem richtigen Freund macht. Er betrachtete den Gekreuzigten und untersuchte aufmerksam seinen blutigen Körper. Er dachte lange über seine schmerzenden Wunden an den Füßen, Knien, Brust, Händen und Kopf nach. Und er betete das besondere Gebet: »Sie durchbohrten meine Hände und meine Füße und zählten alle meine Knochen«. Manchmal rührte ihn die Einsamkeit des Herrn, der dort hing, und dessen Körper allen Blicken ausgesetzt war. Und dann bekam er Anwandlungen, ihm die Wunden zu heilen, das dunkle Blut abzuwaschen und ihn mit einer tröstenden Geste zu umarmen. Er fragte sich wiederholt, wie wohl der lebendige Körper von Jesus gewesen war: behaart? stark? groß oder klein? Hatte er dunkel- oder hellbraunes Haar?

**- Und geschah nicht in jener Zeit die filmische Offenbarung Jesu?**

- Ja, in jener Zeit, als Spätzchen das dritte Jahr begann, wurde im Studiersaal ein Film gezeigt, der ihn endgültig beeindruckte. Er hieß »Der Spanische Gärtner« und erzählte die Geschichte der Freundschaft zwischen Nicolas, einem kleinen Jungen und Sohn des englischen Konsuls in Spanien, und einem Burschen, der den Garten der Villa pflegte und beginnt, den Knaben mit zu sich nach Hause zu nehmen, zum Essen mitten unter armen Leuten. Der Konsul, eifersüchtig und aus Angst, seinem Sohn könne etwas zustoßen, läßt den Gärtner am Ende festnehmen. Der Gärtner, der außer arm und gut zu sein, auch noch wunderschön war, stirbt zum Schluß bei dem Versuch, vor der Polizei zu fliehen. Dadurch wird Nicolas todkrank und ruft in seiner Agonie den Namen des Gärtners. Als der Film zu Ende war, hatte Spätzchen seine entscheidensten Probleme in bezug auf die Liebe zu Jesu gelöst. So wie der Knabe im Film hatte er jetzt einen konkreten Freund. Jener spanische Gärtner, dunkelhaarig, mit mandelförmigen, sanften Augen, breiter Brust, kräftigen Beinen, gut und fähig, Nicolas bis in den Tod zu lieben, das war alles, was er sich für seinen Jesus vorstellen konnte. Die Entdeckung (oder Offenbarung) eines körperlichen, sichtbaren und schönen Jesus machte ihn benommen. Vor Aufregung schlief er erst ein, als die Hähne schon krähten. Er unterhielt sich lange mit seinem dunkelhaarigen Jesus und sagte mit geschlossenen Augen: »Jesus, mein spanischer Gärtner, wie sehr liebe ich dich;«. Von da an reichte es aus, zur Eingangstür des Schlafsaals zu schauen, und da war Jesus, der in einem leichten Umhang oder einfach in Hose und Hemd lächelnd auf ihn zukam, um sich mit ihm zu unterhalten und ihm über den Kopf zu streichen. Spätzchen begann, jeden Abend seine Besuche zu empfangen und tröstete sich bei ihm, immer wenn er »gefühlsbetonte Probleme« in bezug auf andere Knaben hatte und wenn er am nächsten Tag eine Mathematik- oder Lateinprüfung hatte. Auf diese Weise gelang es ihm, die Liebe des Evangeliums zu ahnen.

**- Verwandelte sich Spätzchen von da an in einen seltsam frommen Seminaristen?**

- Seltsamerweise verbrachte er einen Teil seiner Pausen in der Kapelle. Er redete nicht nur mit Jesus. Er begann auch, jenes geheimnisvolle, nach Weihrauch duftende Klima auszukosten. Er schaute sich um und sah sich von großen, fürchterlichen Gesichtern umgeben, denen er sich hingab.

**- Was für große, fürchterliche Gesichter?**

- Es waren die Heiligen der Kapelle, schwere Holzbilder mit riesigen Gesichtern und fast unförmig großen Körpern. Spätzchen fühlte sich von dort oben beobachtet, und wenn er sich vorstellte, von greifbaren Heiligen umgeben zu sein, die mit farbigen Gewändern, in sorgfältige Falten gelegt, bekleidet waren, dann liefen ihm Schauer über den Rücken. Er schloß die Augen und ehrte diese Autorität, die ihn nicht erschreckte. Schon deshalb nicht, weil die Nischen der Heiligen von Engelsgemälden mit weit ausgebreiteten Flügeln umgeben waren, mehr Ikarusse als Engel, mit seitlich ausgestreckten oder sanft erhobenen Händen und Flügeln, die anmutige, fast kitschige Kurven beschrieben, und die schmachtende Blicke zum Himmel erhoben. Es waren schöne Engel, stark und mit rosigen Gesichtern. Wenn es möglich wäre, die finstere Miene dieser Heiligen zu fürchten, dachte Spätzchen übermütig, würden die schönen Engel dafür sorgen, daß die Angst beschwichtigt und Vertrauen gesät würde. In der Kapelle atmete er gleichzeitig Heiligkeit und Sinnlichkeit ein, eine Mischung aus Verehrung und Hingabe, denn alles war Farbe und Licht. Jene großen Körper, die gemalt oder geschnitzt waren, machten sich pulsierend, einnehmend, großzügig und an einem bestimmten Punkt ihres Ausdrucks sogar begehrend bemerkbar. Auf diese Weise tauchte Spätzchen in die heilige Schönheit ein, mit offener Seele für seinen spanischen Gärtner, den die Menschen grausam hatten kreuzigen lassen.

**- Es scheint viele Farben im Gedächtnis zu geben. Was waren das für Farben?**

- Ohne Zweifel die Farben des Sakralen. Das ganze Jahr richtete sich nach Farben, die sich je nach liturgischem Zeitabschnitt änderten. Im Seminar war das Leben beständig durch Farben gekennzeichnet, die die Qualität der Liebschaften und die Wege des Geistes definierten. In der Fastenzeit gab es einen nachtragenden und gekränkten Gott, der violett trug und die ganze Gemeinschaft zu Buße und Reue zwang — offensichtlich, um das Ende der Ferien und den Zyklus der Sünden und Übertretungen zu unterbrechen. Wenn dieses Fegefeuer, in dem alle Heiligen der Kapelle mit der gleichen feierlichen, unausstehlichen Farbe bedeckt wurden, vorbei war, öffnete sich der Himmel für das glorreiche Weiß von Ostern, Zeichen von Sauberkeit, Triumph und Jubel. Dann enthüllten die Heiligen nachsichtig wieder ihre monströsen Gesichter mit den hervorstehenden Backenknochen, Kiefern und Kinn. Zu Pfingsten erwachte das Leben rot gefärbt, weil der Heilige Geist alles mit seiner Farbe des Feuers erleuchtete, seinem brennenden Glanz, der die Propheten beschien und sie fremde Sprachen sprechen ließ. Das Grün war die Farbe der normalen Tage — wenn es weder besonderen Jubel noch Schmerz gab, und man den Eindruck hatte, daß der Morgenkaffee vor lauter Gewöhnlichkeit aufgewärmt war. Ungewöhnlich war das unheimliche Schwarz der Totenmessen, die die Lebenden vor dem Letzten Gericht warnten und die zornigen, dürstenden Toten versöhnten. Glücklicherweise seltene und besondere Tage, denn die Seminaristen verließen die Kapelle niedergeschlagen und von der Angst vor dem Tode gebeugt, welcher ohne Vorwarnung und Gnade kommen würde. Folglich war es notwendig, immer vorbereitet im Gnadenstand zu sein.

**- Wie reagierten die christlichen Herzen auf den Ritus?**

- Die Liturgie mobilisierte die christlichen Herzen mit jubelnden Festen oder klagenden Gedenkfeiern. In beiden Fällen wurden Anreize des Schmerzes und der Freude, zusammen mit den genauen Antworten auf diese Gefühle, nach einem vorgezeichneten und eisern gefolgten Plan ausgesandt. Im Seminar gewöhnten sich die Knaben daran, dem Rhythmus, der von Gott festgesetzt war, zu folgen, mit welchem sie sich anhand der Farben unterhielten. Übrigens waren es die äußeren Elemente, die die Routine durchbrachen. Das Gedächtnis bewahrt zum Beispiel die intensive und sinnliche Heiligkeit, die die Zeit der Fürbitten während der Gebets- und Fastenwoche zu Pfingsten durchströmte. Für drei aufeinanderfolgende Tage wurden die Tore des Seminars weit geöffnet, um die Prozession in Richtung Straße, in die Welt, hindurchzulassen. Ein Akoluth mit dem Kreuz eröffnete den Zug, gefolgt von zwei Vorsängern, die brennende Kerzen trugen, um in der Dunkelheit des Morgengrauens den Weg zu leuchten. Mit klarster Stimme und trockenster Inbrust stimmten sie die Allerheiligen-Litanei an und riefen Sancta Maria, Sancte Joanne und soviele andere Himmelsbewohner an, die das Flehen des Planeten Erde erhören sollten. Die Seminaristen, gekleidet in Soutane und Chorhemd, antworteten im Namen der Geschöpfe: «Ora pro nobis«. Oder aber sie flehten »Libera nos Domine«. »Von den Listen des Teufels und dem ewigen Tode befreie uns, Herr« — sangen sie alle einstimmig.

**- Sangen sie wie jemand, der sich selbst übertrifft?**

- Ja, in der Dunkelheit des Morgengrauens, kurz vor Tagesanbruch, erschallten ihre Stimmen in den Straßen der Stadt wie die Stimmen verirrter Engel: Orate pro nobis, miserere nobis. Die Kohorte himmlischer Engel, von denen sie begleitet wurden, war riesig. Der Himmel nahm sie alle auf demokratische Weise auf, einschließlich jener alten Mütterchen, die sich, durch die eindringliche, unwiderstehliche Heiligkeit angezogen, anschlossen.

**- Zeigte sich Gott in seiner ganzen Herrlichkeit?**

- In jenen Zeiten prahlte Gott fast mit seiner Herrlichkeit, während er die kleine Menge der Verehrer mitriß. Der amtierende Priester lief am Ende und repräsentierte die ganze Pracht Gottes mit majestätischen Umhängen, deren Farben im Licht der aufgehenden Sonne wechselten. Nachdem die Prozession durch die Straßen in der Nachbarschaft zirkuliert und mit ihrem gregorianischen Chorgesang die profanen Haushalte durchdrungen hatte, betrat sie die Kapelle für die Messe. Spätzchen liefen Schauer über den Rücken, und fast kamen ihm die Tränen, denn sein Flehen stieg zu hoch hinauf, bis zum

Geheimnis, und brachte ihn mit einer Größe in Kontakt, die er ahnte, aber nicht berühren konnte. Vielleicht wurde Spätzchen deshalb so ergriffen, weil er die Litanei zu schön fand, vielleicht, weil dies eine Zeit war, deren Zauber sich mit den großen, in den jugendlichen Herzen steckengebliebenen Lieben verband.

**- Spätzchen scheint besonders verwundbar für jene Atmosphären der Heiligkeit gewesen zu sein. Identifizierte er sich deshalb so sehr mit dem strengen Mystizismus von Pater Marinho?**

- Pater Marinho litt an der gleichen Verwundbarkeit angesichts der heiligen Riten, welche er auf subjektive und poetische Weise ausgestaltete. Zu Pfingsten zum Beispiel ging er soweit, mit einer Gruppe in verschiedenen Sprachen den Satz »Gott ist Liebe« einzuüben, der die offizielle Liturgie ergänzen sollte. So interpretierte er, auf seine Weise, die Gabe der Sprachen, von denen gesagt wurde, daß sie das Werk des Heiligen Geistes seien. Spätzchen, der den Sinn der Liebe so gern verstehen wollte, erbebte bei diesem Beweis ihrer Universalität. Die Melodie VIENI CREATOR, Lobeshymne auf den Heiligen Geist, drang in sein Herz ein und wühlte es bis in die letzten Fasern auf. Er sprach mit Inbrunst jedes der anrufenden Worte aus: »Ihr seid der lebendige Quell. Das Feuer. Ihr verstreut die sieben Gaben (und fördert die Leidenschaft). Ihr seid der Finger Gottes (der brennt). Entzündet Euer Licht. Haucht Eure Liebe in mein Herz. Machet mich wahnsinnig vor Liebe, oh Heilige Taube. Aber habt Erbarmen, damit ich mich nicht verbrenne«. Und Spätzchen fühlte sich klein unter den Flügeln des Schöpfergeistes, der brandstiftenden Taube, die diese verzehrende, unwiderstehliche Liebe, die Gott mit seinem Tod den Menschen offenbart hatte, in ihrem Schnabel trug.

**- Aber war der bedeutendste liturgische Zeitabschnitt nicht die Karwoche?**

- Ohne Zweifel. Die Seminaristen lebten dann in einer Atmosphäre gesteigerter Leidenschaft, in der ihre Gefühle aufblühten, weil das Geheimnis der Liebe (der Gott, der aus Liebe stirbt) alles durchsichtig machte und bis zu den Poren des Körpers und der Seele durchdrang. Überall wurde stammelnd geredet, nicht auf Anordnung, sondern aus dem natürlichen Bedürfnis heraus, die aufgeblähte Innerlichkeit auszugießen. Diese Atmosphäre erreichte ihren gefühlsbetonten Höhepunkt am Gründonnerstag, dem Tag der Errichtung des Liebesgebotes — und später werden wir seine Wichtigkcit für Spätzchen sehen. Aber am Karfreitag war es, da die Welt sich mit tragischen Farben bedeckte und die Luft in Windstille stehenblieb — dem Tag des Großen Todes, folglich der Liebestragödie. Dann war das Gefühl nicht nur einer gewissen Bedrohung, sondern auch der Bestürzung tief, und eher im Herzen als im Geiste. Man befand sich vor einer Liebe, die so groß war, daß sie zum Tode führte. Die kleinen Herzen waren schockiert, wenn sie dieser Realität gegenübertraten, die eben genau den Höhepunkt aller Geheimnisse darstellte: »Wie war es möglich, so sehr zu lieben, daß man sich den Tod aus Liebe herbeiwünschte? Und was für eine Art von Liebe war das?«, wiederholte das aufgeregte Spätzchen hartnäckig. Im Morgengrauen von Freitag auf Samstag wechselten sich die Seminaristen in Gruppen ab, um den toten Christus anzubeten. Das Geheimnis der Kapelle überragte das Geheimnis des Schlafsaals und drang in alle anderen ein. Die Knaben standen schweigend auf und besuchten die als Opfer dargebrachte Liebe. Spätzchens Schritte wurden durch die tragische Große dieser Nacht gelenkt. Er stellte sich vor seinem toten Jesus auf und überließ sich einer Zärtlichkeit, die in schwingenden Wellen strömte. Er wollte ihn in dieser Stunde heftigen Leidens nicht verlassen. Er wußte, daß all diese scheinbar gescheiterte Liebe zwei Tage später für immer siegen würde. Trotzdem verstand er das vorübergehende, aber nicht minder schmerzhafte Gefühl eines Christus, der angesichts des Todes völlig einsam und von allen Lebenden verlassen war. Im Morgengrauen, während die anderen schläfrige Gebete murmelten, stellte er sich auf die Zehenspitzen und trat an den Sarg, weil er an ein Geheimnis zwischen sich und Jesus glaubte. Dann, umgeben von der ernsten Sinnlichkeit der nackten Altäre und der Verschwiegenheit der Heiligen in Violett, berührte er leicht (und mit einer Gänsehaut) die Wunden seines Geliebten, seines geopferten Gärtners, und küßte die am meisten geliebte Wunde, jene der Lanze auf der Brust, die tödliche, die grausamste. Denn dieser aus Liebe gestorbene Jesus gehörte nur ihm allein, und nur ihm stand es zu, jene Wunden zu heilen, und nur er war fähig, den Schmerz all dieses göttlichen Blutes, das aus Liebe entwichen war, zu teilen. In Wirklichkeit konnte er das Gefühl nicht vermeiden, daß der Geliebte nur deshalb gestorben war, weil er ihn, Spätzchen, liebte. Eines muß übrigens zugegeben werden: Spätzchen litt am Karfreitag nicht. Er erlebte eine Ekstase der Leidenschaft, da er bis in sein Innerstes verstand, daß sich der Todesschmerz durch einen direkten, notwendigen Kanal mit der Verherrlichung der Liebe verband. Er schloß die Augen. Seine Hände glitten über jene Wunden und betasteten sie, um sie besser zu erraten, zu verstehen. Und er stellte sich vor, auf dem Körper dieses nackten Christus zu ruhen, in seinem Blut zu schwimmen. Vor lauter Liebe fühlte sich Spätzchen als Heiliger. Er schwebte und wußte nicht, daß sich die Liebe ein Jahr später auf unabänderliche Weise als Fluch verkörpern würde.

**- Empfand Christus angesichts dieser verliebten Erwiderung keine Rührung?**

- Wahrscheinlich ja. Später würde Pater Marinho die Neigung Spätzchens zur absoluten Liebe verstehen und bis zu einem gewissen Punkt beginnen, ihn hierbei anzuleiten. Er gab ihm zum Beispiel eine Biographie der Schwester Elisabeth von der Heiligen Dreifaltigkeit, Karmeliterin und Schülerin der Heiligen Theresa, und eine große Mystikerin. Spätzchen und der Pater lasen fast immer gemeinsam die darin enthaltenen Offenbarungen.

**- Welche Offenbarungen?**

- Daß Lieben bedeutete, sich von absolut allem, was nicht Gott war, zu befreien.

**- Und was noch?**

- Daß es keinen Unterschied mehr gab zwischen Fühlen und nicht Fühlen, Genießen und nicht Genießen. Man war sich über nichts mehr sicher.

**- Und welche anderen Dinge?**

- Daß in der Liebe das Schweigen des Willens vorrangig war. Daß Schweigen die letzte Phase der Auflösung in der Liebe Gottes bedeutete.

**- Und was noch?**

- Daß es zwischen der verliebten Seele und ihrem göttlichen Gatten NICHTS, NICHTS, NICHTS geben sollte. NICHTS auf dem Weg zwischen beiden. Und auf dem Berg: NICHTS.

**- Warum?**

- Weil die schweigende (und liebende) Seele die Dinge nicht mehr unterschied, da sie über sie hinausging, um sich dem Geliebten hinzugeben und in ihm zu ruhen.

**- Wäre dies nicht eine durch den Tod ausgedrückte Liebe?**

- Ja, es war genau die dunkle Nacht des Heiligen Johannes vom Kreuz, mit dem Tod jeder körperlichen Regung. Vor dem Angesicht Gottes gibt es nur das absolute Schweigen.

**- Und Spätzchen verstand dies?**

- Er geriet über die Ausdrucksweise dieser Liebe, sich aus Liebe zu töten, in Verzückung. Er verstand es nicht, aber fand es wunderschön. In der Kapelle fragte er sich, wie eine Liebe möglich war, die alles bis zum Schluß hingibt. Er weinte vor Rührung, ohne darauf antworten zu können. Aber er wollte so lieben.

**- Ging Spätzchen nicht sogar soweit, einen mystischen Fragenkatalog zu beantworten?**

- Ja, Pater Marinho zeigte ihm den Fragenkatalog, den die Schwester Elisabeth gleich bei ihrem Eintritt in den Karmeliterorden beantwortet hatte. Und Spätzchen paßte seine eigenen Antworten den gleichen Fragen an.

**- Woraus bestand für ihn das Ideal der Heiligkeit?**
- Aus der Liebe zu leben.

**- Welches war das schnellste Mittel, um es zu erreichen?**

- Vorbehaltlos zu lieben. Die Liebe zu lieben.

**- Welchen Heiligen bevorzugte er?**

- Johannes, der Jünger, der am Herzen Christi geruht hatte.

**- Welche war seine Lieblingstugend?**

- Der Schmerz zu lieben. Gebenedeit sei der Weinende, denn er wird vor Liebe lächeln.

**- Wie definierte er das Gebet?**

- Als die Vereinigung von jenem, der nichts ist, mit jenem, der alles ist.

**- In welcher Gemütsstimmung würde er im Augenblick des Sterbens gerne sein?**

- Er würde sich wünschen, mehr als je zuvor zu lieben, bevor er in die Arme seines Ewigen Geliebten fiele.

**- Welche Art Martyrium behagte ihm am meisten?**

- Alle, aber vor allem, aus Liebe zu leiden.

**- Welchen Namen wollte er im Himmel haben?**

- Johannes, jener, der zuviel geliebt hatte.

**- Welches war sein Motto?**

- Ich und mein Geliebter sind eins.

# Vom Geheimnis der Allerheiligsten Lei-
denschaft

**- Und wie kommt Abel Rebebel in diese Erinnerungen?**

- Abel Rebebel erscheint an einem sehr windigen Tag, Anfang August, als Spätzchen das dritte Gymnasialjahr absolvierte. Das Gedächtnis wird nie die trockenen Blätter vergessen, die auf dem Außenhof und dem Fußballplatz wild umherwirbelten, noch die Aufregung der gerade aus den Ferien zurückgekehrten Seminaristen, die Neuigkeiten austauschten, während sie das Haus für das neue Schuljahr vorbereiteten. Alle hatten sie zerwühlte Haare, die Gedanken waren noch aufgewühlter. Das Leben bewegte sich stürmisch, bevor es sich endgültig in die Hausordnung einfügte und innerhalb jener langweiligen Stundenpläne unterging.

**- Und wie kommt Spätzchen in die Geschichte Abels?**

- Am Anfang von allem. Tatsächlich sehr am Anfang. Vielleicht weil er der beste Schüler der Klasse war, wurde Spätzchen aufgefordert, einem Novizen, der außerhalb der Zeit angekommen war und in seine Klasse aufgenommen werden würde, als Engel zu dienen, nachdem das Seminar, in dem dieser studiert hatte, aus irgendeinem Grund aufgelöst worden war. Spätzchen stieg die Treppen bis in den Schlafsaal hinauf und setzte sich auf den Rand seines Bettes, um auf die Ankunft seines Schützlings zu warten. Die Fensterscheiben waren heruntergelassen und zitterten durch die Kraft des Windes. Es waren fast dreißig Fenster, die in ungleichen Bewegungen schlugen, wie die Trommelwirbel einer Fanfare. Spätzchen stierte auf den Fußboden, noch in sehnsüchtiger Erinnerung an die Ferien. Als er zufällig den Blick hob, sah er ein außerordentliches Bild: Von den Türpfosten des Schlafsaals eingerahmt, kam der spanische Gärtner mit zwei schweren Koffern an und mischte sich in die Wirklichkeit ein, ohne gerufen worden zu sein. Spätzchen verbrachte einige Sekunden in dem Versuch, zu verstehen, was geschah, ohne zu wissen, ob er lächeln oder einfach nur aufwachen sollte. Er erhob sich. Als er einige Schritte vorwärts gehen wollte, stolperte er. Mit den Augen starr auf dieses lebendige Bild gerichtet, das den Schlafsaal in seine Richtung durchquerte, wartete er auf den Moment, in dem sich alles in Luft auflösen würde. Aber es geschah nichts. Er bewegte seinen Körper nochmals in die Richtung jener Vision, die schon sehr greifbar schien. Seine Beine zitterten, als er sich seinem

Schützling gegenüber sah. Es gab keine Vision, sondern einen spanischen Gärtner, der unzweifelhaft aus Fleisch und Blut war. Von einer Art Schwindel erfaßt, stützte sich Spätzchen auf das Kopfende seines Bettes, um nicht zu fallen. Er versuchte zu sprechen, aber die Stimme versagte. Ihm kam der Verdacht, einer Erscheinung unbekannten Ursprungs zu unterliegen, die jedoch ohne Zweifel mystischer Natur war. Er dachte sogar an Ekstase. Er kehrte erst zu sich selbst zurück, als er die ein wenig zögernde Frage hörte: »Bist du.... mein Engel?«. Er schaffte es, ein »ja« herauszustottern. Und die Stimme des Gärtners wurde fester: »Ich bin Abel. Abel Rebebel. Es ist ein lustiger Name. Irgendwie spanisch«. Das Gedächtnis kommt an diesem Punkt durcheinander, so viele Gefühle vermengten sich im aufgeregten Herzen von Spätzchen. Während er Abel zu dem Bett brachte, das ihm zugeteilt worden war, und ihm seinen Schrank zeigte, stolperte er so oft, daß er leicht den Eindruck hätte erwecken können, blind zu sein oder zu hinken. Im übrigen wendete er die Augen vom Gesicht Abels ab, als fürchte er den Anblick Gottes. Jetzt hatte er keinen Zweifel mehr: Er befand sich vor einer Offenbarung, die bestürzend war wie die Ekstase. Er liebte Abel von dieser ersten Erscheinung an. Und gab sich dem Orkan hin, den der August ankündigte.

- **Wie sah die Vision von Abel aus?**

- Genau wie die des *Spanischen Gärtners*, jetzt beleuchtet vom Licht des Tages. Ein Jesus Christus mit leicht mandelförmigen Augen, sehr schwarzen Haaren, aufgerichtetem Körper, gütigen Zügen und einem energischen Glanz in den Augen.

- **War Abel älter als Spätzchen?**

- Ja, ein Jahr älter. Er zählte damals vierzehn Jahre, aber schien um einiges älter aufgrund seiner entwickelten Statur und körperlichen Konstitution.

- **War Abel besonders faszinierend?**

- Ja, weil er dem Spanischen Gärtner eine Mischung aus Männlichkeit, Grazie und Verschlagenheit hinzufügte — wobei sich diese durch seinen sinnlich wiegenden Schritt offenbarte.

- **Und wie verhielt sich Spätzchen von da an ihm gegenüber?**

- Mit Aufregung in allen Poren. Er wollte den Anblick Abels für sich behalten, verhindern, daß sein Bild aus seinem privilegierten Blick herausfloß. Nachdem die anfängliche Bestürzung vorüber war, verwandelte er sich in einen beispielhaften Engel. Ununterbrochen begleitete er Abel in die Kapelle, auf den Pausenhof und in das Refektorium. Nach und nach erklärte er ihm alles über das neue Seminar. Da Abel aus einer wärmeren Gegend kam und nur leichte Kleidung in seinem Gepäck mitbrachte, schenkte Spätzchen ihm seinen schönsten Pullover für die kälteren Nächte. Da der Pullover nicht paßte, rannte Spätzchen los, brachte eine seiner Decken und schenkte sie ihm. Sofort, nachdem er die Vorliebe Abels für Fußball entdeckt hatte, schenkte er ihm seine weiteste Sporthose, die er bis dahin noch nie benützt hatte. Und er würde nicht aufhören, ihn mit Büchern, Süßigkeiten und Obst zu beschenken, die seine Eltern ihm schickten. Er schaffte es, den Schützling mit soviel Aufmerksamkeiten zu umgeben, — indem er die privilegierte Stellung als Engel nutzte — daß die beiden am Ende zusammen lernten und gute Freunde wurden. Schließlich hatten sie vieles gemeinsam. Obwohl er ein männlicher Typ war und ein hervorragender Fußballspieler — er kam sofort in die Auswahlmannschaft des Seminars — las Abel sehr gerne und entpuppte sich als ein fleißiger Schüler. Aufgrund seines Schulwechsels war er gezwungen, das vorhergehende Jahr zu wiederholen, sodaß er leicht der Beste der Klasse wurde. Um seinen Platz nicht zu verlieren — aber auch, um sich mit Abel gleichzustellen, verdoppelte Spätzchen seine Anstrengungen im Lernen, so daß beide Klassenerste wurden. Was nicht verhinderte, daß sie weiter gemeinsam lernten. Von Anfang an war er nur von der Furcht bewegt, nicht geliebt zu werden, und das Objekt seiner Faszination zu verlieren.

- **Würde jene Verkörperung aus Jesus-Spanischer Gärtner das Leben von Spätzchen nicht bis zu dem Punkt prägen, daß es von ihr beherrscht wurde wie ein Vogel, der sich durch bestimmte Schlangen verzaubern läßt?**

- Abel war sein Magnet und sein Kompaß. Und das Leben von Spätzchen bekam von dieser Offenbarung an einen besonderen Glanz. Mit dem Blick starr auf Abel gerichtet, ertrug Spätzchen mutig sogar den langweiligsten Unterricht. Er beklagte sich auch nicht mehr über die Studierstunde nach dem Mittagessen, denn dann nutzte er die Schläfrigkeit aus, um von Abel zu träumen und seine Träume in ausgefallenen Zeichnungen zu gießen, in denen Abel wallende Flügel und Karamellaugen und rundere Oberschenkel als die von Samson bekam.

**- War Abel der Mittelpunkt seines Lebens?**

- Abel war das Leben. Wenn sie verschiedener Meinung waren, selbst bei Kleinigkeiten, fühlte Spätzchen Ausflüsse des Todes bei der Entdeckung der kleinsten Möglichkeiten einer Trennung. Das tägliche Zusammenleben mit Abel und der Genuß seiner Freundschaft brachten ihm ein fast größeres Glück als er ertragen konnte. Zu Beginn merkte er nicht, daß er verliebt war. Aber sein Tagebuch verwandelte sich in ein detailliertes Drehbuch dieser Leidenschaft. Aus Angst, sich zu sehr zu offenbaren, begann er die Lektüre des Tagebuchs durch Pater Marinho zu verhindern. Hier wurde von seinen Freuden, Sorgen und Gedanken über Abel berichtet. Hier erzählte er von der Wonne seiner täglichen Zusammentreffen und von seiner Ruhelosigkeit angesichts der möglichen Reaktion Abels gegenüber diesem oder jenem Verhalten seinerseits. Hier kommentierte er seine Tagträume, seine romantischen Absichten mit Abel und seine Pläne, um immer mehr mit ihm zusammen sein zu können. Auch Einzelheiten wie jene, als Abel einen leichten Durchfall hatte, daß er das Klima der Stadt nicht gewohnt war und wie er ein Fußballspiel verloren und sich darüber geärgert hatte. Und wie er die schlechteste Note in Portugiesisch bekam, so daß Spätzchen sich beeilte, ihm die historische Grammatik zu erklären. Und daß Abel glaubte, nicht fromm genug zu sein. Bereits im Tagebuch ließ Spätzchen ein Funken Angst durchscheinen, einen kleinen Flecken auf dem Umgestüm seines täglichen Jubels. Ja, es gab doch ein ganz klein bißchen Furcht: aus Übermaß zu sündigen. Er, der besitzen wollte, begann, sich von dem auf wunderbare Weise fleischgewordenen Spanischen Gärtner besessen zu fühlen.

**- Wie schaffte es Spätzchen, an den Tischen im Refektorium immer an Abels Seite zu sitzen?**

- Zu Beginn schob er seinen Rang als Engel vor. Nachdem dieses Argument aufgebraucht war, freundete sich Spätzchen mit dem für die Ämter zuständigen Präfekten an und machte ihm Geschenke im Tausch gegen den bevorzugten Platz neben Abel — eine Tatsache, die natürlich begann, einiges Getuschel hervorzurufen.

**- Und Abel, wie reagierte er auf diese Art von Belagerung?**

- Abel stellte sich zur Verfügung, mit äußerster Großzügigkeit. Von beiden war er derjenige, der sich erobern ließ. Das war seine persönliche Art zu erobern, wie wir nach und nach sehen werden.

**- Wie beschrieb Spätzchen Abel zum ersten Mal?**

- Spätzchen beschrieb Abel auf schlecht verschleierte Weise in einem Aufsatz mit freiem Thema im Portugiesischunterricht. Durch verworrene Erinnerungen an den Film »Blut und Sand« (mit Tyrone Power) angetrieben, erzählte Spätzchen vom Aufstieg und Glanz eines kleinen Gärtners, der Pablo hieß und der größte Stierkämpfer Spaniens wurde. Er bekam die Note 9,5. Der halbe Punkt wurde ihm vom Lehrer wegen der übertriebenen und barocken Beschreibung des Helden abgezogen. In Wahrheit diente die gesamte Erzählung als Vorwand, um unter der eleganten Gewandung des Stierkämpfers Pablo das Bild Abels zu zeichnen. Es war eine sehr subjektive Beschreibung mit einer großen Menge überflüssiger Kleinigkeiten, die nur diese Grundintention verschleiern sollten. Zum Beispiel die Erwähnung der bewundernswerten Frömmigkeit, mit der Pablo zur Jungfrau betete, bevor er die Arena betrat, und die Faszination, die er auf alle Frauen des Landes ausübte. Laut Spätzchen war dieser Gärtner, der sich in Abel und dieser wiederum in Pablo verwandelt hatte, mehr oder weniger so: Er lief wie ein Reiher, der vor einem Raubtier hin- und herspaziert. Die Muskeln seiner Oberschenkel spannten sich bei jedem Schritt wie die Saiten einer gestimmten Geige und bildeten unter der mit silbernen Fäden bestickten Kleidung Wellenbewegungen, die wie eine sanfte Körpermelodie schienen. Die Beine waren fester als die des gegnerischen Stiers, aber Pablo hielt sich auf ihnen mit der Leichtigkeit eines sprungbereiten Mastiffs. Seine Schultern waren breit wie die eines iberischen Tarzans (und hier, offen gestanden, brachte die erhitzte Phantasie den Schriftsteller dazu zu vergessen, daß der Anzug eines Stierkämpfers normalerweise Schulterpolster hat). Seine mit sanftem Flaum bedeckten Arme versteckten unter festen Muskeln eine Kraft, die man sich bei einem Mann von nur 19 Jahren unmöglich vorstellen konnte. (Erstens: Die Arme eines Stierkämpfers sind in der Arena nicht offen zu sehen. Zweitens: Abel mußte altern, um auf dem Höhepunkt seiner Jugend zu glänzen, schließlich wollte dies ein prophetischer Text sein.) Seine Hände, die das glühendrote Stierkämpfertuch mit unvergleichlicher Kunst hielten, erinnerten an die Hände eines Prinzen, so groß waren ihre Eleganz und ihr Ebenmaß. Laut Spätzchen schien die Brust Pablos von einem Renaissance-Künstler erdacht (aber er erinnerte sich an keinen überzeugenden Namen), der seinen feinsten Pinsel genommen und weiche, schwarze Haare im trennenden Tal zwischen den beiden Hügeln Apollos angedeutet hatte (wobei er erneut vergaß, daß Stierkämpfer nicht nackt kämpfen). Und dann kam das Gesicht: Die schwarzen Haare glänzten im Abendlicht und waren im Nacken zusammengehalten, wo sie eine Locke bildeten, die zart war wie eine schwarze Rose. Seine Ohren, klein und rund, hoben sich leicht hervor und schienen wie kleine Flügel. Obwohl gut rasiert, machte der Bartwuchs den Eindruck, üppig zu sein, und ließ sein Kinn und Kiefer in einem bläulichen Ton schimmern. Seine Nase hatte in der Mitte einen kleinen Knick und erinnerte an die eines Boxers. Die Lippen waren rosig und feucht. Der Kiefer war fest und zeichnete sich fast in einem rechten Winkel ab, ohne zu hart zu sein. Das Kinn hatte ein kleines Grübchen, in dem manchmal ein winziger Tropfen Schweiß ruhte. Und die Augen... Ah, es waren die Augen, die die Stiere besiegten. Sie funkelten ohne Angst und zogen an wie eine Einladung, in den schwarzen Brunnen zu tauchen. Seine Augen, durch geschwungene Brauen gekrönt, waren die Türen, durch die inständige Bitten ein- und die Speere der »banderillas« austraten. In Spätzchens Text waren die Augen Abels wie ein Ultimatum, da der Schreiber hier seine eigenen Empfindungen hineingoß. Es ist offensichtlich, daß er Abel vom Standpunkt eines Stieres aus (er selbst) beschrieb, der zerbrechlich und voller Sehnsucht ist, sich dieser wundervollen Art des Todes hinzugeben.

Wie alle Frauen Spaniens hatte sich der arme Stier in den Stierkämpfer verliebt.

**- Kam Abel dazu, den Aufsatz zu lesen?**

- Im Unterricht las der Lehrer einige Abschnitte laut vor. Abel schaute Spätzchen mit einem überraschten Ausdruck an, der sein Geschmeicheltsein und Einverständnis nicht verbarg. Rot geworden, wandte Spätzchen den Blick von diesem schwarzen Brunnen ab. Auf jeden Fall kam Abel später, um ihn zu fragen, ob Pablo nicht er selber sei. Spätzchen zögerte, verschluckte sich und drückte ein Nein hervor, das langsam zum Ja wurde. Danach kehrte er ihm unerwarteterweise den Rücken und zog sich in Panik zurück. Er wußte schon jetzt nicht mehr, worauf er sich hier einließ.

**- Was machte Spätzchen mitten in der Nacht?**

- Mitten in der Nacht wachte Spätzchen durch die Leidenschaft getrieben auf. Dann erhob er sich und ging an Abels Schrank, wo er das Gesicht in sein benutztes Hemd vergrub und lange diesen Geruch nach starkem Schweiß einatmete, der ihn mit Wonne erfüllte. In der Nacht liebte Spätzchen es auch, aus dem Sack von Abels schmutziger Wäsche die eine oder andere Unterhose herauszunehmen. Mal roch er gierig an den mit verschiedenen Farben und Gerüchen befleckten Punkten. Mal erforschte er sie in allen Winkeln auf der Suche nach einem Haar, das er einsammeln und in seinem Seminaristen-Handbuch aufbewahren konnte, um es zu betrachten und zu berühren, immer wenn er Sehnsucht nach ihm verspürte. Aber nicht nur nachts schlich Spätzchen auf der Suche nach Zeichen Abels umher. Wenn im Krankenzimmer die Haare geschnitten wurden, begleitete er Abel unter dem Vorwand, seine eigenen Haare schneiden oder eine improvisierte Verletzung behandeln zu lassen, und blieb in der Nähe, bis er verstohlen ein vom Kopf seines Gärtners gestutztes Haarbüschel greifen konnte. Er verwahrte es dann in seiner Schulmappe, in einer Schachtel Adams-Kaugummi. Aber Spätzchen liebte auch die Haut von Abel. Wenn die Seminaristen an sonnigen Tagen Ausflüge an den Strand machten, war es üblich, daß sie sich kurze Zeit später üppig pellten und sich damit amüsierten, Hautfetzen abzuziehen, die sie überall, wo sie vorbeikamen, auf den

Boden warfen. Spätzchen stattete dann dem Allerheiligsten ganz besondere Besuche ab und kniete sich an den Platz, der normalerweise von Abel benutzt wurde. Da er seine Nebenabsichten vor dem Allerheiligsten nicht verschleierte, war er auch ehrlich genug, um diese Besuche nicht in seine Geistlichen Sträußchen aufzunehmen, denn es handelte sich nicht um fromme Besuche, sondern um wahre archäologische Expeditionen auf der Suche nach der Haut, die Abel während seiner Gebete dort hinterlassen haben könnte. Spätzchen suchte minutiös, auf den Knien, in der Hocke und im Sitzen. Er sammelte mit nicht zurückgehaltener Euphorie die Stückchen von Abel ein.

**- Aber wofür sollte die weggeworfene Haut Abels nützlich sein?**

- Mit der Haut Abels konnte man zum Beispiel die gesamte Fläche von Spätzchens Haut vorteilhaft bedecken — um sich mit einer solch heiligen Sache zurückzuziehen oder sich prinzenhaft als Abel zu verkleiden und schaudernd zu sterben. Man konnte die Haut Abels auch dazu benutzen, einen Kontakt von Körper zu Körper zu haben, indem man sie auf die Härchen des Arms oder auf das Gesicht legte. Auch konnte man sie auf die Augen legen, bedeckt mit der süßesten der Membranen, jener, die blind macht vor Liebe. Man konnte auch mit der Haut Abels versuchen, den Geschmack seines Schweißes und intimere, unter der Haut liegende Geschmäcker zu verfolgen. Folglich war ihre Brauchbarkeit unerschöpflich. Spätzchen verwahrte sie vorsichtig zwischen Wattebäuschchen, um neue Arten zu entdecken, sie zu benutzen, falls er am nächsten oder am übernächsten Tag Lust verspürte, Abel näher zu sein und das Gefühl zu haben, fast in seinem Inneren zu sein. Oder aber er betrachtete sie als einfache Reliquie von Abel. Andere Male diente die Haut Abels nur dazu, gegen die Sonne betrachtet zu werden. So konnte man bemerken, wie das Licht, indem es die ausgedehnten Poren Abels durchdrang, Abel mit Glanz erfüllte. Mit der Haut Abels konnte man nicht nur Anatomiestunden über Abel haben, sondern es war auch möglich, mittels der anatomischen Analyse den geistigen Stoffwechsel Abels durch Fotosynthese zu verstehen und, wer weiß, auch bis zu den letzten Ursprüngen Abels vorzudringen. Denn dieser Abel war nur als Ergebnis der Zusammensetzung des Körpersalzes mit dem Sonnenlicht zu vestehen. Dank der sorgfältigen Prüfung der Haut von Abel wollte Spätzchen das Geheimnis der Existenz Abels enthüllen, um besser an ihr teilzuhaben.

**- Träumte Spätzchen von Abel?**

- Er träumte mit offenen Augen. Er stellte sich vor, im Wald verloren und von Tieren und riesigen Schlangen umringt zu sein. Dann tauchte Abel auf, nackt wie Tarzan, und rettete ihn. Als Zeichen des Dankes gab ihm Spätzchen einen ganz reinen Kuß. Abel erwiderte ihn. Aber dann wurde Spätzchen am Ende der Studierstunde von der Glocke des Disziplinarpräfekten geweckt. Und er seufzte mit solcher Überzeugung, daß sich seine Augen schlossen wie die einer Jungfrau.

**- Machte Spätzchen Abel auch anonyme Geschenke?**

- Nicht zufrieden mit den direkten Geschenken, steckte Spätzchen bald eine Mandarine unter Abels Teller im Refektorium. Bald hinterließ er ihm einen in seinem Schrank unter den Hemden versteckten Apfel. Bald tat er im Studiersaal ein besonders schönes Heiligenbildchen in seine Mappe. Aber es gab auch Bonbons in seinen Schuhen, Fußballstiefeln und Sandalen. Abel beklagte sich nicht. Er empfing Spätzchen schweigend.

**- Und die Sporthose von Abel, wie wurde sie benutzt?**

- Die Sporthose war jene, die Abel geschenkt bekommen hatte, und die sich Spätzchen eines Nachts wieder holte. Sie war inzwischen gebührend gesegnet und im Überfluß vom süßen Schweiß der Leisten Abels getränkt. Mit geschlossenen Augen sog Spätzchen den Geruch ein und gab dabei vor Vergnügen ein leises Winseln von sich, ehe er dazu überging, die Hose jede Nacht unter dem Pyjama anzuziehen. Das war seine Art, mit Abel zu schlafen.

**- Wie empfand Spätzchen den Schweiß Abels?**

- Wie Vogelleim für sein Herz. Der starke Geruch von Abels Schweiß, der zu Beginn große nasse Flecken im Hemd hinterließ (in den Achselhöhlen oder woanders) bekam nach der Zersetzung einen leichten gelben Ton, der in der Farbe die Essenz des Duftes von Abel bewahrte. Spätzchen roch seinen Geruch von weitem, und es war durch die Nase, daß sich sein Herz öffnete und sich ihm unwiderstehlich hingab. Er liebte es, sich Abel nach einem Fußballspiel oder während der obligatorischen Zwölf-Uhr-dreißig-Arbeiten zu nähern. Seine Nasenlöcher blähten sich dann fast bis zum Zerreißen, und sie wollten deshalb zerreißen, damit der ganze Duft seines Gärtners in sie eindringen könne. Spätzchen träumte davon, im Schweiße Abels zu baden.

**- Könnte man dies nicht einen Zustand von besessener Liebe nennen?**

- Nein. Einfach deshalb nicht, weil es keine Liebe gibt, die nicht Besessenheit ist. Wie sonst die Motive, aus denen heraus jemand sich von einem spezifisch anderen angezogen fühlt und ihn leidenschaftlich liebt, definieren und erklären? Warum ist die Liebe so oft eine Einbahnstraße, in der das geschenkte Gefühl nicht erwidert wird? Und warum wird es im Gegenteil manchmal auf geheimnisvolle Weise beantwortet, sodaß die Chemie des Glücks funktioniert? Wie diese Unbekannten erklären, wenn nicht durch die dauernde Besessenheit, die Grenzen zwischen dem Ich und dem Anderen zu durchbrechen? Was bewegt uns in die Richtung des absoluten Liebens und Geliebtwerdens? Ist es die Suche nach der anderen Seite, die uns metaphysisch fehlt, weil wir nur zur Hälfte geboren werden, wie die griechische Mythologie sagen würde? Ist es die Suche nach der verlorenen Mutter, wie es die Psychoanalytiker vorschlagen würden? Oder ist es ein Versuch, die Gleichgültigkeit der Welt zu zerschlagen, und das, was wir sind, mit dem, war wir nicht sind, zu versöhnen, wie bestimmte Philosophen sagen würden? Ist die Liebe ein Versuch, uns durch den Spiegel des anderen zu verstehen? Oder ist sie eine wilde Tendenz zum Absurden, ein Geheimnis, das rein und von der Natur auf köstliche Weise entwickelt ist mit dem Ziel, den aus uns heraustretenden Impuls definitiver, unbezähmbarer und verwirrender zu machen und der Welt und den liebenden Gemütern die Unordnung aufzuerlegen? Dann wäre die Liebe ein großes Spiel der von der Ordnung des Lebens gelangweilten Natur, und wir lebten einen grundlegenden Bubenstreich, wenn wir liebten. Wenn auf diesem Gebiet niemand etwas versteht und nur Hypothesen existieren, wie Spätzchen dann als besessen anklagen? Spätzchen interpretierte das Geheimnis der Liebe einfach, auf die unverfälschteste Art und Weise: in einer Geste der Großzügigkeit, die sich in seinem zukünftigen Leben in dem Maße, wie er bestimmte Schutzmechanismen und Formeln entdecken würde, immer weiter reduzieren würde. In jenem Augenblick war Spätzchen ein Gebenedeiter. In seinem Leben begann eine Phase glitzernden Vorrechts, in der sich Kräfte entfesselten, die von keinem Wissenschaftler und nicht einmal von ihm selbst, Spätzchen, erklärt werden konnten. Er wurde nicht müde, die Haut, die benutzte Kleidung, die Haarreste und die feuchten Flecken in Abels benutzter Wäsche mit Genauigkeit zu prüfen, denn es waren konkrete Ausdrücke des Verhältnisses zwischen Abel und der Welt. Da er keine ausreichenden Erklärungen fand, tauchte Spätzchen in der Besessenheit unter und blieb in ihr hängen wie die Nadel auf einer zerkratzten Schallplatte. Dort begann er seine Erfahrung mit den Zuständen des Deliriums, und er ließ sich von der Liebe wie von Gott besitzen — oder wie vom Teufel, je nach Blickwinkel und Umständen. Ohne Zweifel erinnert man sich heute an jenes Spätzchen mit Sehnsucht, und sogar mit Neid. Hier haben wir die Entschuldigung für Spätzchens Besessenheit, denn auf der Welt ist es nötig, zu delirieren.

**- Gibt es ein deutliches Beispiel von Delirium in Spätchens Liebe?**

- Abgesehen von den vielen schon zitierten, pflegte Spätzchen den Fußballplatz mit einem Stäbchen abzulaufen und, sicherlich von Anchieta inspiriert, sein Gedicht in den Sand zu schreiben. Es handelte sich um ein Gedicht aus zwei einzigen Worten, die er wiederholt in riesigen Buchstaben aufschrieb. Abel Rebebel und nachfolgend neuer Vers: Abel Rebebel. Der Fußballplatz wäre von dieser nicht zurückgehaltenen Liebe gesättigt worden, wäre nicht Kanarienvogel den Schritten Spätzchens gefolgt und hätte die Zeichen des Deliriums ausgewischt. Mit einem Eukalyptuszweig als Besen löschte Kanarienvogel die eingeschriebenen Worte wieder aus und wiederholte fast panisch: »Um Gottes Willen, Spatz. Das ist Privatfreundschaft. Wenn der Rektor das mitkriegt, fliegst du raus«.

**- Und Spätzchen?**

- Der lachte auf eine verrückte Art und Weise und sprach, bevor er sie aufschrieb, alle Silben seiner Besessenheit aus, teils mit leiserer, teils mit lauterer Stimme. Wie schon gesagt wurde, war er besessen. In dieser Phase bremste ihn weder die Drohung des Hinauswurfs noch hatte das Paradies Tore. Das Paradies wohnte in ihm und erneuerte sich genau in diesen delirierenden Äußerungen, in denen das verliebte Subjekt nur mit dem Objekt seiner Leidenschaft übereinstimmte. Das Delirium ist erwähnt worden. Oder delirierte Anchieta etwa nicht, als er in einem Land, das ohne Übertreibung das «Ende der Welt» genannt werden konnte, inmitten kannibalischer Heiden fromme Gedichte schrieb?

**- Führte das Delirium nicht auch zu Schmerzenstränen?**

- Zu Tränen ja. Aber in diesem Fall gab es weder Tränen nur des Schmerzes noch nur des Glücks. Spätzchen weinte einfach aus Liebe, was ein Unterschied ist. Vielleicht, weil die Liebe eine geistige Fehlfunktion ist, deren unmittelbarstes, sichtbarstes und billigstes physiologisches Resultat das In-Gang-Setzen der Tränendrüsen ist. Spätzchen fürchtete, nicht gemocht zu werden. Er fürchtete, mehr zu lieben als ihm erlaubt war. Manchmal lief er in das Zimmer des Spiritualen und verwechselte seine Tränen mit der durch die Musik hervorgerufenen Rührung. Andere Male berichtete er stattdessen Pater Marinho detailliert von den Gefühlen, die er erlebte. Zu Beginn erzählte Pater Marinho ihm über die Schönheit der großen Freundschaften, und er ging sogar soweit, Spätzchen zu trösten, indem er ihm mehrere Abschnitte biblischer Liebe vorlas. Einschließlich eines kleinen und unvergeßlichen Verses.

**- Aus dem Hohelied Salomos, 5,8?**

- Genau. Wie hier folgt:
»Töchter Jerusalems,
ich beschwöre euch:
wenn ihr meinen Geliebten findet,
was werdet ihr ihm sagen? ... Saget ihm,
daß ich krank bin vor Liebe;«

Diese anfängliche Nachsicht war ganz im Stile von Pater Marinho. Damit noch nicht zufrieden, las er ganze Abschnitte vor, in denen die Heilige Theresa vom Kinde Jesu gewisse besonders glühende Verse des Hohelieds kommentiert.

**- »Es küsse mich der Herr mit Küssen von seinem Munde, denn seine Liebe ist besser als Wein;«**

- Ja. In denen sie das Recht der verliebten Seele verteidigt, in bezug auf Gott die gleichen Ausdrücke wie die der fleischlich Liebenden zu benutzen, da es möglich sei, daß diese Seele an der Seite ihres Gatten durch Tode, Nöte, Wonne und Genüsse hindurchginge, nachdem sie sich völlig der göttlichen Zärtlichkeit hingegeben habe. Während sie Gott *»Eure Majestät«* und *»mein göttlicher König«* nennt, verteidigt sie die Seele, indem sie argumentiert, daß demjenigen, der außer sich ist, weil er den *Herrn* so sehr liebt, alles erlaubt ist. An diesem Punkt war die Heilige Theresa dann selbst in Ekstase und flehte darum, daß der *Geliebte* ihr den Frieden durch den Kuß seines Mundes übertrüge.

**- Und Spätzchen?**

- Der fand das so wundervoll, daß er begann, Abel in seinem Tagebuch *»Eure Majestät »* und *»mein göttlicher König«* zu nennen.

**- Und wie verhielt sich Pater Marinho angesichts dieser durch den Bauch gehende Interpretation seiner Mystik oder Poesie?**

- Angesichts der Feststellung, daß sich im Herzen von Spätzchen eine andere Art von Drama abspielte, wurde er ausweichend und konfus — vielleicht war er erschrocken. Er hörte in offensichtlicher Erregung zu und antwortete auf eine nicht sehr klare Weise auf die sehnsüchtigen Fragen des Jungen über die Geheimnisse der Liebe. Im Gegenteil, er redete auf jedmögliche Art drumherum und vermied es, das Thema direkt zu berühren. Er bewegte sich ohne Zweifel auf schlüpfrigem Terrain. Und Spätzchen tauchte so oft bei ihm weinend auf, daß Pater Marinho eines Tages gezwungen war, der Situation ins Auge zu sehen und ihn streng vor der Gefahr der irdischen Verbindungen zu warnen, da die vollkommene Liebe sich für jeden, der die Vollkommenheit ersehnte, in der unerschöpflichen Hingabe an Gott, dem einzigen und wahren *Geliebten*, erfüllte. Spätzchen erschrak. Zum ersten Mal hatte er das Gefühl, sich einem gefährlichen Rivalen gegenüberzustehen, für den Pater Marinho nur das Sprachrohr war. Er wußte, daß er alles gegen sich hatte. Am Anfang versuchte er sich in der Versöhnung. Er bemühte sich, den irdischen Appell zu besiegen und Gott mit größerer Hingabe zu lieben. Für eine gewisse Zeit ging er soweit, sein Idyll mit Abel zu bremsen, um sich zu kasteien. Er verbrachte wieder lange Stunden in der Kapelle und meditierte über die Auferstehung des Fleisches, nach der er dann ewig an Abels Seite bleiben könnte. Aber kraft so vieler Meditation kam er zu dem einleuchtenden Schluß, daß die Auferstehung des Fleisches zu lange dauern würde. Zwischen ihm und Abel würde es währenddessen eine unendliche Entfernung geben - was einem Tausch des Paradieses der Endlichkeit gegen die endlose Hölle gleichkommen würde. Da weigerte er sich, die Niederlage zu akzeptieren. Er dachte über ein Thema nach, das in den Monaten aufgeregter Leidenschaft, die sich näherten, in seinen Nachforschungen und Meditationen konstant sein würde: Es war wirklich ein Wunder geschehen, und Jesus hatte sich tatsächlich in Abel verkörpert — daher waren beide so wunderschön, süß und körperlich ähnlich. Nicht ohne eine gewisse Logik folgerte er, daß die Auferstehung des Fleisches jedesmal dann geschah, wenn ihm Jesus in der körperlichen Form Abels erschien. Auch deshalb, weil es nicht notwendig war, die Perfektion in einer so fernen und unsicheren Zukunft zu suchen, wie es die Ewigkeit war, wenn die konkrete Welt so sehr durch die Anwesenheit Abels aufleuchtete. Anstatt Gott die Stirn zu bieten, zog Spätzchen es vor, mit ihm zu verhandeln. Vielleicht deshalb begann sein Kontakt mit dem Spiritualen von da an zurückzugehen.

- **Begann die Verklärung der Welt durch Abel nicht in gewissen besonderen Momenten von Spätzchens Leben offensichtlich zu werden?**

- Ja. Es handelte sich genau um die Momente, in denen Gott, da er abstrakt und zweideutig war, nichts tun konnte, so daß er in sehr konkreten Situationen aufhörte, eine Bedeutung zu haben. Ein Beispiel? Was konnte Gott tun, um Spätzchen vom Flaschenspiel zu befreien, dem trotz der Proteste von Pater Marinho weiterhin (wenn auch weniger häufig) in den abendlichen Pausen nachgegangen wurde? Da entpuppte sich Gott als dermaßen unfähig, daß Spätzchen es schließlich aufgab, um Milde zu flehen, und versuchte, sich auf eigene Rechnung zu schützen. Aber, zart wie er war, und vielleicht, weil er sich in das Objekt einer subtilen Revanche der im Lernen weniger fortgeschrittenen Kameraden verwandelt hatte, erlitt er beim Flaschenspiel ständige und wahrhaft kollektive Überfälle. Eines Abends wurde er unglücklicherweise neben den Säulen des Außenhofes eingekreist, sodaß er von der Flasche ausreichend weit entfernt war, um während der gesamten halben Stunde, die die Pause dauern würde, Prügel mit Bällen aus getrocknetem Leim einzustecken. Er lehnte sich an eine Säule, versuchte, sein Gesicht mit erhobenen Armen zu schützen, und blieb dort stehen wie ein kleiner Heiliger Sebastian, der durch seine grausamen Soldaten getroffen wird. Er weinte, schrie Ach und Weh und bat um Gnade, während er von allen Seiten Prügel einsteckte. Und was geschah dann plötzlich, an diesem Abend? Wie durch ein Wunder öffnete sich ein Korridor zwischen den wilden Angreifern, und Spätzchen sah durch die Tränen die verwischte Figur des *Spanischen Gärtners* sich nähern, die weder Einbildung noch ein Wunder war, sondern Abel höchstpersönlich. Faustschläge und Rippenstöße verteilend kam Abel bei Spätzchen an und zog ihn unter den Pfiffen der Angreifer, die es indessen nicht wagten, ihm einen einzigen Schlag zu versetzen, von dort weg. Spätzchen heulte Rotz und Wasser. Aber die Qualität seines Schluchzens veränderte sich in dem Maß, in dem Abel ihn weit weg von dort brachte. Im Keller neben dem Geräteraum wurde er von Abel umarmt. Die Zeit war stehengeblieben, und Spätzchen begann aus tiefbewegtem Glück zu weinen, der Kopf an die duftende Brust Jesu gelehnt.

**- Wie könnte man diese Begegnung definieren?**

- Durch das Geheimnis. Man könnte sagen, daß dort das *Geheimnis der Allerheiligsten Leidenschaft* begann seinen Lauf zu nehmen.

*Von den*
*ungewissen*
*Akkorden*
**Rachmaninoffs**

**- Liebte Abel Spätzchen tatsächlich?**

- Ja, die Liebe Abels war real. Seine Liebe hat in der Erinnerung eine Spur hinterlassen, die sie von jener zügellosen Leidenschaft Spätzchens, dessen Herz vor Wonne jubilierte, unterschied. Man kann versuchen, die Liebe Abels als eine Geste der Verfügbarkeit zu verstehen, die am Ende zu großzügiger Hingabe führte und von dort zu echte Zärtlichkeit, mit der er die ihm dargebotene Liebe beantwortete. Auf den ersten Blick wäre es einfach, zu sagen, daß Abel eher in die Leidenschaft verliebt war, die Spätzchen ihm entgegenbrachte. Vielleicht hatte seine Liebe dort begonnen, aber ohne Zweifel wuchs sie, indem sie sich ihre eigenen Wege bahnte. Die Wahrheit ist, daß Abel eine andere Art von Sensibilität hatte, die zurückhaltender und weniger hartnäckig war. Dafür überwand er mit Leichtigkeit die armseligen Skrupel, die sich später über Spätzchen entladen würden. Abel liebte auf direktere und arglosere Weise, ohne übertriebene Zweifel und eher innerhalb der Normen, wie wir sehen werden. In diesem Sinne war er glücklicher, auch wenn er die Unbedingtheit (und Verklärung) der Liebe Spätzchens nicht erreichte. Im übrigen handelt es sich hier nicht darum zu vergleichen. Es reicht aus zu sagen, daß Abel die unzweifelhafte Liebe von Spätzchen entdeckte und ihn dies berührte, ihm die Türen des Herzens öffnete und ihn dazu brachte, in sich eine unbekannte Region zu entdecken. Dank ihrer ergründete sich Abel ein wenig mehr. Seine Liebe zu Spätzchen war außerdem eine Art und Weise, ihm dankbar zu sein.

**- Wie vergewisserte sich Abel darüber, daß Spätzchen ihn liebte?**

- Indem er heimlich sein Tagebuch las. Dies wurde von den Jungen als ein Akt schweren Vertrauensbruches aufgefaßt, denn es bedeutete, vom anderen mit Hilfe seiner Geheimnisse Besitz zu ergreifen — die im übrigen alle hatten. Abel beichtete Spätzchen, daß er seit langem sein Tagebuch las und so die sehnsüchtigen Entwicklungen jener Liebe, die ihn als Objekt auserwählt hatte, begleitete. Spätzchen fühlte sich nur scheinbar überfallen. Im Grunde seines Herzens hatte er immer gewünscht, daß Abel sich das trauen würde. Jene Beichte klang ihm vor allem anderen wie eine Segnung.

**- Und was las Abel so Überzeugendes im Tagebuch von Spätzchen?**

- Abgesehen von den alltäglichen Berichten über sich, fand Abel eine lange Darlegung, die ihm wahrscheinlich half, seine Liebe in Gang zu setzen. Die Überlegungen von Spätzchen begannen mit dem Geheimnis der Heiligen Dreifaltigkeit, deren Interpretation er in einem Gedicht des Heiligen Johannes vom Kreuz suchte, wo die Liebe die Drei Personen in ihrem Wesen einte. Hier ist es, fast mit Fingernägeln ins Gedächtnis eingeritzt:


- »Wie im Liebenden Geliebter,
Einer so im anderen webet;
Und die Liebe, die sie einet,
Die mit gleicher Füll' aus jedem


Ewig hin und wieder strömet
In der Mitt' als Dritter schwebet
Und so ist in drei Personen
Nur ein einzig Liebesstreben,

Das zu einem Liebenden die
Dreie einigend verwebet,
Drei in ein Geliebtes wandelt,
Darin liebend jeder lebet.

Denn des Wesens alle Dreie
Gleich teilhaftig ist ein jeder,
Und ein jeder liebt den And'ren.
Der es mitbesitzt dies Wesen.

Das sie wunderbar verschlinget
In ein unaussprechlich Rätsel,
Keinem Sinne so erforschlich,
Jeder ist dies eine Wesen:

Drum die Liebe, die sie einet,
Maßlos ist und ohne Ende
Weil die Dreie einer Liebe
Dreiverdoppelt ewig hegen.«

**- Wie entwickelten sich die Überlegungen Spätzchens?**

- Die Heilige Dreifaltigkeit ist ein einziger Gott, vereint durch eine einzige Liebe. Dieser einzige Gott wohnt überall. Auch in mir und in Abel. Weil Jesus Gott ist, ist Jesus in uns. Wir sind zwei, aber werden eins aufgrund der Anwesenheit von Jesus und seiner Liebe. Ich liebe Abel wie mich selbst, und die Liebe Jesu ist die gleiche in uns. Also ist unsere Liebe nur eine einzige. Wenn Abel und ich uns nicht liebten, würde die Liebe Jesu unvollständig werden. Liebend vereint in Jesus werden ich und Abel uns nie trennen.

**- War Abel davon beeindruckt?**

- Er scheint so beeindruckt gewesen zu sein wie jemand, dem ein Ultimatum gestellt wird.

**- Auf welche Weise bekam Spätzchen Gewißheit von der Liebe Abels?**

- Weil er eines Nachts mit Schrecken erwachte, als jemand unter seine Bettdecke kroch. Der Schrecken verwandelte sich in unermeßliches Glück, als er den bekannten Geruch und die warme Nähe von Abels Körper spürte — einen Körper, der bis dahin nur geahnt, doch nie berührt worden war. Weder stellte Spätzchen Fragen, noch sagte Abel etwas, während sie sich umarmten und ein Einziges bildeten wie die Heilige Dreifaltigkeit.

**- Wie lange verbrachten sie so?**

- Niemand erfuhr es jemals. Auch deshalb nicht, weil die Ewigkeit natürlich das Fehlen eines jeden Zeitgefühls voraussetzte.

**- Schliefen sie selig?**

- Nein. Sie lagen mit weit aufgerissenen Augen im Dunkeln, errieten sich gegenseitig und betasteten ihre Körper. Ihre Hände zitterten. Nicht aus Angst, sondern vor Aufregung. Auf der einen Seite verstießen sie. Und durch den Verstoß trafen sie auf Wonnen, die sie, weil sie so überraschend waren, erschaudern ließen — denn das Gleichgewicht zerbricht in den großen Wonnen. Spätzchen benutzte seine Hände, um die Sicht zu ersetzen. Er betastete die angebeteten Oberschenkel und die vergötterte Brust. Er streichelte das schon vom Bart rauhe Gesicht. Danach aktivierte er den Geruchssinn und nahm vor Ort die Gerüche wahr, die er ehemals auf indirekte Weise erforscht hatte. Endlich betätigte er den Geschmackssinn, er, der so sehr gewünscht hatte, den Geschmack der Haut Abels kennenzulernen. Und dann gab er ihm schüchterne Küsse ins Gesicht, auf den Hals und die Brust, ohne es zu wagen, noch weiterzugehen.

**- Und Abel?**

- Abel schwankte zwischen Unbeweglichkeit und sehnsüchtiger Begierde hin und her und verriet offensichtlich den gleichen Gleichgewichtsverlust und die gleiche Unsicherheit in bezug auf das zu durchlaufende Gelände und die zu verströmenden Gefühle. Seine Hände drückten mit unbeholfener Steifheit den kleinen Körper von Spätzchen. Er umarmte ihn, so als wollte er ihn ganz für sich haben. Und er schnaufte wie ein unentschlossener Stier, der auf den angemessensten Zeitpunkt loszustürzen wartet. Diese Spiele ließen natürlich die Dämme im Inneren der beiden brechen. Weder Spätzchen noch Abel bemerkten, wie weit sie in der christlichen Nächstenliebe gegangen waren.

**- Warum hat Abel so viel gewagt?**

- Wahrscheinlich deshalb, weil er die Neugierde nicht mehr ertrug, die Wege jener Liebe zu erforschen, welche er auf den Seiten von Spätzchens Tagebuch aus der Ferne begleitete. Und weil er seine eigenen Labyrinthe erforschen wollte.

**- Und wie fühlten sie sich am nächsten Tag?**

- Von Leidenschaft verklärt. Es gab keinen Schatten von Reue, son-

dern nur den heftigen und narzißtischen Wunsch, das Erlebnis zu
wiederholen. Die Welt reduzierte sich auf den Wunsch, zusammen
zu sein. Und die eiserne Disziplin schmolz unter dem Fieber ihrer
Leidenschaft zusammen. Alles, was sie konnten, war, sich mit den
Augen in jedem Winkel des Hauses zu suchen und beim Klang der
Stimme des anderen aufmerksam zu werden. Es war die typische
Sehnsucht von Liebenden — nur wahrzunehmen von dem, der im
Drama der Leidenschaft schon einmal der Held war.

**– Und auf welche Weise befriedigten sie sich?**

– Sich zu befriedigen war eitle Utopie. Im Turm der Kapelle, wo sie
versteckt die Zeit verbrachten, Händchen hielten und sich in die Augen schauten, lasen sie gemeinsam den *Kleinen Prinzen*, den sie gerade entdeckt hatten. Abel las mit lauter Stimme und strich unermüdlich über Spätzchens Haar, der sich hingab wie ein Schäfchen
aus geringelter Wolle. In diesen Augenblicken war es für sie köstlich zu lernen, daß sie sich gegenseitig gefangengenommen hatten
(gefangennehmen bedeutete »Bindungen schaffen«) und daß einer
für den anderen einzig auf der Welt war. Selbstverständlich diente
ihnen der Zufluchtsort im Turm nur solange, bis Kaugummi-des-Jaguars versuchte, sich umzubringen und Pater Augusto es für vernünftig hielt, von da an die Zugangstür verschlossen zu halten.
Spätzchen und Abel beendeten die Lektüre des Buchs im Eukalyptushain und lasen es immer wieder von neuem, immer im Eukalyptushain — was allerdings etwas kühn war, denn die Gemeinschaft
wurde unweigerlich Zeuge dieser nicht zu verbergenden Anzeichen
ihrer Liebe. Die Gerüchte blühten. Aber da das Wesentliche für die
Augen unsichtbar war, machten sich die beiden nichts daraus und
gingen sogar dazu über, den *Kleinen Prinzen* auf französisch zu lesen. Sie wollten den Weg jener zwei Abenteurer, die eine Sprache
sprachen, die ihrer Liebe so nahe war, im Original kennenlernen.
Während der Lernstunden tauschten sie zum Spiel Briefchen aus,
die die Sehnsucht zu lindern versuchten. Das Thema war natürlich
der Knabe vom anderen Planeten und der in der Wüste verlorene Pi-
lot. Spätzchen wiederholte Bitten des Kleinen Prinzen und Abel
schickte Antwortbriefchen zurück. »*S'il vous plaît, dessine-moi
un mouton*«, schrieb Spätzchen einmal. Abel kritzelte auf das
Briefchen ein unbeholfenes Schaf und, da er sich nicht in seiner

Spätzchen, der ihn gern mit wogenden Flügeln zeichnete, fühlte sich durch seine Schönheit und Heiligkeit geschützt.

– Was machte Abel, als er erfuhr, daß er ein guter Engel war?

– Er lachte und sagte, daß es sich um den ersten Schützling handelte, der für seinen eigenen Engel zum Engel wurde.

– Und Spätzchen, was antwortete er?

– Daß es sich dann also um Liebe zwischen zwei Engeln handelte — eine engelgleiche Liebe, mit anderen Worten.

– Beschrieb Spätzchen in seinem Tagebuch diese Liebe nicht einmal als etwas Heiliges?

– Ja, in der gleichen Form wie die des beantworteten Fragenkatalogs — eine Formel, die er mehrere Male anwenden würde, seit er sie vom Modell der Schwester Elisabeth gelernt hatte.

– Wie verwirklichte sich die Liebe Jesu zu Spätzchen in der Praxis?

– Die Liebe Jesu zu Spätzchen müßte wie die Liebe des Spanischen Gärtners zu Nicolas sein.

– Und wie war die Liebe des Spanischen Gärtners zu Nicolas?

– Genau wie die Liebe zwischen Spätzchen und Abel.

– Und wie wurde die Liebe zwischen Spätzchen und Abel in die Tat umgesetzt?

– Durch Zärtlichkeiten, Sehnsucht, den Austausch von Briefchen, Geschenken und Kleidung. Manchmal äußerte sie sich durch einen keuschen Kuß auf den Mund. Im allgemeinen wurde ihre Liebe nachts ausgetauscht. Mal kroch Abel in Spätzchens Bett und umarmte ihn von hinten — weil »du so ganz in meinen Körper paßt«. Mal flüchtete sich Spätzchen unter die Bettdecke Abels, an dessen

Brust er den Kopf lehnte, genau dort, wo die Behaarung großzügig und schimmernd hervorsproß. Aber sie legten sich nicht immer nebeneinander. Oft zog es Spätzchen vor, neben Abels Bett zu knien, sein Gesicht mit Küssen zu bedecken und ihm kleine Liebesgeheimnisse zu sagen. Andere Male war es Abel, der sich in diesem Austausch von Verehrungen niederkniete und ihn zwischen unbeholfenen Küssen und langen Liebesseufzern »Mein Spatz« nannte. Sie erlebten eine Zeit köstlicher Verliebtheit.

**- Was liebte Spätzchen am meisten an Abel?**

- Sein Art zu gehen, die sicher wie die eines jungen Löwen war. Seine Augen, deren Glanz eine unwiderstehliche Güte ausstrahlte. Und natürlich seine Sportlerbrust — nicht zu breit, aber hervorstehend, einladend; und fest, ohne nackt zu sein, denn sie wurde durch die schwarze Behaarung eines spanischen Zigeuners betont.

**- Empfand Spätzchen Faszination angesichts der jugendlichen Behaarung Abels?**

- Die Behaarung Abels entzückte ihn wegen ihrer Männlichkeit, die sich durch Weichheit manifestierte — eine duftende und matte Weichheit in den Achselhöhlen, aber blendend auf der Brust. Zu Blenden war dort ihre größte Eigenschaft. Spätzchen kannte die Schamhaare Abels nicht — noch war er nicht so tief getaucht. Aber in bezug auf die Behaarung, die sich seinen Blicken aussetzte, war die der Brust ohne Zweifel das, was er zu sehen und zu fühlen ersehnte. Dort sah er das Glück, die Schönheit und den Frieden eingeprägt. Es waren Haare, deren Bedeutung über die Region der Sinne hinausging und an die Grenzen des Mysteriums stieß. Für Spätzchen versteckten sich so viele Offenbarungen in jenem schlichten Beet aus Haaren!

**- Und wie kam Rachmaninoff in die Liebe der beiden?**

- Eines Nachmittags entdeckten Abel und Spätzchen im Zimmer des Spiritualen zufällig jene Schallplatte, auf deren Hülle erklärt wurde, wie der Autor, enttäuscht von seinen ersten Mißerfolgen vor dem Publikum, nicht mehr komponieren konnte und sich

men wahr, mit denen das Licht Stunde um Stunde auf Abels Körper fiel. Als es Abend wurde, ließ er sich vom Bild Abels in Besitz nehmen, das in die unwirklichen Farben gehüllt war, die das Meer widerspiegelte. In jenem Moment bildeten beide ein einziges Element. Das Wasser, das Abels Körper badete, schien von ihm zu kommen, und Abel schien aus sich selbst herauszulaufen und sich zu verflüssigen, unendlich zu werden, vom Licht bis zum Horizont vergoldet und manchmal unterbrochen durch ferne Schaumstreifen, die beharrlich von seiner aus reinem Gold gemachten Unwirklichkeit abstachen. Spätzchen blieb lange Zeit auf einer kleinen Düne sitzen, vertieft in die Betrachtung jenes unermeßlichen Umfangs an Poesie, den seine Liebe geschaffen hatte. Der Disziplinarpräfekt kam, um zu wissen, ob er krank sei. Spätzchen antwortete kaum. Nicht einmal er selbst konnte den Stellenwert seiner Visionen erfassen. Man kann sagen, daß sich Abel an jenem Abend in das Meer selber verwandelte. Deshalb liebte Spätzchen das Meer bedingungslos.

**- War Spätzchen gezwungen, aus Liebe viele Opfer zu bringen?**

- Im Geistlichen Sträußchen, das Spätzchen Abel geschenkt hatte, gab es auch zahlreiche besondere Liebesopfer. Da ihr Verhältnis sich in das bevorzugte Thema der Gemeinschaft verwandelte, mußten Abel und Spätzchen einige Vorsichtsmaßnahmen treffen, die natürlich vor allem Spätzchen betrafen, da er am meisten beobachtet wurde. So akzeptierte er, einen mühsamen Plan in die Praxis umzusetzen, um seinen Ruf als Weichling loszuwerden und sich vor der Gemeinschaft in einen Mann zu verwandeln. Die erste Maßnahme wurde von Abel vorgeschlagen und ihm sozusagen auferlegt. Es war notwendig, daß sich Spätzchen vom Vogelschwarm entfernte, eine Sache, die er im Namen der Liebe akzeptierte. Auch wenn er Kanarienvogel als seinen Vertrauten ausgesperrt hatte, provozierte Spätzchen schließlich die Auflösung des Vogelschwarms, dessen große Tage sich in Dinge der Vergangenheit verwandelten — auch deshalb, weil die Entlassung von Tui ihn schon ziemlich hatte schrumpfen lassen. Auf jeden Fall merkte man auch der Beziehung zu Kanarienvogel diesen erzwungenen Abstand an, die nie mehr so wie früher wurde. Eine andere Vorkehrung — diese von Spätzchen selber beschlossen — war die, sich zu bemühen, mehr am Sport teilzunehmen und sich damit weniger mit der Gruppe der Memmen zu identifizieren. Nach drei oder vier frustrierten Versuchen im Fußball, beschloß Spätzchen, sich dem Ping-Pong und dem Volleyball zu widmen — dieser, das stimmt allerdings, war ein Sport, der mit den Zarteren in Verbindung gebracht wurde. Auf jeden Fall strengte er sich so sehr an, daß er ein annehmbarer Volleyballspieler wurde — aus Liebe.

**- Es scheint so, als ob die Notwendigkeit, »sich in einen Mann zu verwandeln«, eine Besessenheit von Spätzchen wurde. Warum?**

- **Die Notwendigkeit wurde nicht nur im Hinblick auf die allgemeinen Kommentare dringlich. Ab einem bestimmten Moment wuchs im Inneren von Spätzchen selbst eine alte Unruhe. Wenn er schon lange fürchtete, kein Mann wie die anderen zu sein, so begannen bestimmte unkontrollierbare Reaktionen seines Körpers ihm diesen Verdacht, selbstverständlich in Verbindung mit der Angst zu sündigen, zu verstärken. Denn Spätzchen hatte vor Abel jedesmal hartnäckigere Erektionen. Die Tatsache nahm solche Ausmaße an, daß die einfache Erinnerung an den anderen sich wie eine Kettenreaktion direkt zwischen den Beinen niederschlug, und Spätzchen wurde durch ein gewisses spezifisches Entsetzen ergriffen. Abgesehen davon, daß er dank der fast unzüchtigen Erektion begann, heftige Schmerzen in den Leisten zu verspüren, durchbohrte ein akutes Verlangen sein Fleisch und ließ sich an einem bestimmten Punkt seines Körpers nieder, welcher begann, ein hartnäckiges Verlangen nach der phallischen Präsenz von Abel zu zeigen. Spätzchen litt an der gleichen Verzweiflung, die Kanarienvogel in bezug auf Stämmchen erlebt hatte. Denn das Verlangen, das er nach Abels Schwanz empfand, war unbezähmbar und wurde immer stärker. Er wollte ihn eigensinnig gänzlich für sich alleine haben. Es handelte sich um eine Mischung von Anziehung, Neugier, Verehrung und Bedürfnis, die auf teuflische Weise seiner Kontrolle entzogen war und ihn manchmal so sehr schmerzte, daß ihm der einfache Akt des Gehens Schwierigkeiten bereitete. Er schämte sich sogar, mit Kanarienvogel darüber zu sprechen — da dies bedeutet hätte, bei einem anderen Kranken Heilung suchen. Er versuchte, Pater Marinho um Rat zu fragen. Mehr als einmal wurde er vor dem Unheil der Fleischeslibe streng gewarnt. Als der Spiritual ihm nahelegte, er solle die Verbindung zu Abel abbrechen, bat ihn Spätzchen nie wieder um Rat.**

**- Liebte Jesus Spätzchen zu sehr?**

- Seine Liebe war so groß, daß Jesus ganz in Spätzchen bleiben wollte.

**- Dann liebte man also auf diese Weise gemäß dem Gebot Jesu im Evangelium?**

- Ja. Indem man ein einziger im anderen wurde, wie in einem richtigen Wunder. Deshalb wollte Spätzchen Abel als Kommunion empfangen.

- Welches Gedicht würde diesen Augenblick der Erinnerung definieren?

- Vielleicht ein gewisser Abschnitt des Heiligen Johannes vom Kreuz. Etwas in dieser Art:

»Oh zeig mir deine Nähe!
Es töte mich dein Anblick, dein Umfangen!
Du weißt, daß Liebeswehe
Nicht Heilung mag erlangen
Als von des Liebsten Gegenwart und Wangen.«

War es das, was Spätzchen fühlte, weit weg von Abel?

- Ja. Aber mit Sicherheit deklamierte er keine Gedichte. Er verzweifelte. In jenen fast zwei Monate dauernden Ferien wachte er jede Nacht damit auf, daß er den Namen Abels, den er überall säh, vor sich hin sagte. Die schimmernden Augen Abels, sein Gärtnergesicht, seine Zigeunerbrust, die Fußballer-Oberschenkel. Und das Geschlecht? Wie war der Schwanz Abels? Und die Eier? Rund? Gekräuselt, die verborgensten Haare? Die Welt — Fragen und Antworten — war ganz aus Abel gemacht. In jenen Ferien ging Spätzchen kaum aus dem Haus. Er quälte sich, indem er Briefe an Abel kritzelte.

- Und schickte er ihm viele?

- Er schrieb und zerriß sie, einen nach dem anderen. Die Konsequenzen fürchtend.

- Warum fürchtete sich Spätzchen?

- Weil es sich um kompromittierende Briefe handelte, in denen er sein innerstes Verlangen, seine Schmerzen in den Leisten, alles, beichtete. Er flehte Abel an, ihm zu verzeihen, daß er ihre Freundschaft durch die Sünde beschmutze.

- Schickte er keinen einzigen dieser Briefe ab?

dieselbe Gruppe zur Reinigung des Schlafsaals aus. Und sie tauchten mit wollüstiger Freude den Putzlappen gemeinsam in den Eimer und drückten sich entzückt die Hände mit Wasser und Seife.

**– Und die wilden Küsse der Heiligen Theresa, wie gingen diese vor sich?**

– Im Morgengrauen praktizierten sie im gleichen Bett die wilden Küsse des Hohelieds Salomons und kosteten von allen Wonnen, die die Heilige Theresa vermutet hatte, ohne sie versucht zu haben, außer in seltenen und vorübergehenden Ekstasen.

**– Warum waren die Küsse wild?**

– Weil die Seelen der beiden Jungen außer sich waren, verschwenderisch vor Liebe.

**– Glaubten sie auch manchmal vor Zärtlichkeit sterben zu müssen?**

– Manchmal vor Zärtlichkeit, manchmal vor Rohheit. Denn der Genuß, der von diesen Berührungen ausging, wurde so übermäßig, daß ihre Herzen ständig in Aufregung waren. Auch wenn sie außer Atem waren, trennten sie sich nur mühsam. Dann kehrten sie kraftlos in ihre jeweiligen Betten zurück, um noch mehr sterben zu wollen. Zu Ehren der Küsse der Heiligen Theresa begann Spätzchen wieder, Abel »Mein König« zu nennen.

**– Und hatten sie Orgasmen?**

– Jedesmal häufiger. Zu Anfang verhielt sich Abel voller Ungeduld, wenn er schon seinem Schwanz zeigte, und hielt den Fluß der Wollust nicht mehr zurück. Spätzchen kam langsamer, schüchtern, fast tropfend. Bis sie es schafften, sich aufeinander einzuspielen. Mit der Zeit bremste sich Abel und Spatz beeilte sich.

**– Wo trafen sie sich noch, außer im Schlafsaal (im Morgengrauen) und im Waschraum (verstohlen)?**

- Darin lag das Problem. Sie führten intensive Nachforschungen durch, um einen Ort auszusuchen, wo sie vollständig zusammen sein konnten. Sie begannen, die Keller gegenüber den Geräteräumen aufzusuchen. Abgesehen davon, daß sie einmal von einem Präfekten, der bei der nächtlichen Aufsicht besonders fanatisch war, entdeckt wurden, fühlten sie sich durch Ratten, Spinnen und Schlangen bedroht. Obwohl sie eine Ecke säuberten und einen Kerzenstumpf brennen ließen, konnten sie diese seltsamen Anwesenden nicht vermeiden. Oft, während Spatz und Abel sich küßten, aneinander rieben und stöhnten, liefen die Ratten quiekend vorbei und störten ihre Liebe. Sie gaben den Keller in der Nacht endgültig auf, als Abel fast auf eine Korallennatter trat, die sich schon in Angriffshaltung befand. Von da an beschlossen sie, die frische Luft vorzuziehen. Sie gingen dazu über, sich im Eukalyptushain zu lieben, wohin sie Decken mitnahmen — auch deshalb, weil der Herbst auf sich warten ließ, und die Nächte noch hell und lau waren. Von da an verwandelte sich der Eukalyptushain in den bevorzugten Ort ihrer Liebe, die begann, sich mit dem starken Duft der Eukalyptusbäume zu vermischen.

- **Waren sie nicht ständig müde, weil sie die Ruhe ihrer Nächte so oft unterbrachen?**

- Ja. Ihre müden Augen, ihre Magerkeit und ihr fehlender Lerneifer waren offenkundig. Sie verloren den ersten Platz und bekamen Ringe unter den Augen. Jeder konnte sie bemerken.

- **Und die beharrlichen Sorgen von Spätzchen, hörten sie auf, Skrupel zu erzeugen?**

- Vorübergehend, aufgrund der Hartnäckigkeit von Abels Wollust, welche ihn in Räumen mitriß, die vor Liebe trieften. Abgesehen davon, daß dies in Spätzchens Leben fast vollständig neue Kühnheiten waren. Während die Neuigkeit anhielt, konnte er sie ohne Einmischung auskosten. Sagen wir, daß er in einem Zustand der Parenthese lebte.

- **Dann hatte also Abel die Führung jener Liebe übernommen?**

– Es war die gleiche wie die zwischen Männchen (Abel) und Weibchen (Spätzchen), eine Sache, die ihn quälte und mit Ressentiments erfüllte. Zum Beispiel fürchtete er ganz verständlicherweise, daß Abel aufhören würde, ihn zu lieben und ihn nicht mehr respektieren würde, wenn er feststellte, daß sein Freund nichts weiter als eine Schwuchtel wäre.

**– Gab es noch mehr?**

– Sehr viel mehr. Es handelte sich um das alte und gefürchtete sechste Gebot.

**– Und was für Dinge verbot das sechste Gebot?**

– Unglücklicherweise zuviele Dinge. Es war ein grausames Gebot, weil es nichts entkommen ließ. Es verbot Taten, Blicke, Worte und sogar leichtsinnige unkeusche Gedanken.

**– Und was war die Keuschheit?**

– Die Keuschheit war, auf Abel in Gedanken, Worten und Taten zu verzichten, was dem gequälten Spätzchen unmöglich schien.

**– Kam Pater Marinho endgültig nicht mehr in Betracht, um zu helfen?**

– Definitiv. Pater Marinho konnte nicht mit konkreten Fakten umgehen. Er delirierte auf sehr viel einfachere Weise, und seine Trance erledigte sich in der Lektüre mystischer Texte, wo er sich durch schöne Ewigkeitsversprechungen überzeugen ließ — wie vorher schon gesagt wurde. Abel und Spätzchen begannen sogar zu vermeiden, bei ihm zu beichten, aus Angst, vom Seminar geworfen zu werden. Sie zogen den alten Beichtvater vor, der alle vierzehn Tage kam; aber auch so erzählten sie ihm nur halbe Todsünden.

**– Kam Spätzchen das sehr schlimm vor?**

– Unheimlich schlimm. Die Skrupel wuchsen an wie ein Schneeball. Um kein Mißtrauen in der Gemeinschaft zu erwecken, sah er sich

gezwungen, zur Kommunion zu gehen, auch wenn er glaubte, sich
im Zustand der Todsünde zu befinden — was nach der Doktrin eine
neue Todsünde bedeutete.

**- Und Abel?**

- Schon zu jener Zeit begann Abel, ihm den Rücken zu kehren. Er
zog es vor, auf konkrete Reize zu antworten. Abstrakte Dinge be-
rührten ihn jedesmal weniger. Sein Körper wurde fordernder.

**- Aber war die Unterdrückung ihrer Liebe nicht jedesmal kon-
kreter?**

- Das stimmt. Die Privatfreundschaft zwischen Abel und Spätzchen
war schon Bestandteil des Lieblingsklatsches der Gemeinschaft. Es
liefen Gerüchte über ihr nächtliches Entwischen umher. Auch wenn
sie getrennt vorbeigingen, war es üblich, daß sie Geflüster und
Witzchen hervorriefen — zu regelmäßig, um nicht zu stören. Bei einer Gelegenheit wurde Kanarienvogel von einem Präfekten unter
Druck gesetzt, vor dem Rektor alles zu denunzieren, was er über das
»phänomenale Pärchen« wußte — wie Abel und Spätzchen manchmal genannt wurden. Sehr unruhig und verängstigt teilte Kanarienvogel diese Tatsache Spätzchen mit, welcher Abel benachrichtigte.
Das versetzte sie in Aufregung. Aber das Äußerste, was sie schafften, war, sich eine Woche lang voneinander entfernt zu halten, an
deren Ende sie alles von neuem begannen, von der Sehnsucht besiegt.

**- Und dann?**

- Dann erreichte die Situation genau am Ende der Fastenzeit einen
kritischen Punkt. Der Rektor rief die beiden getrennt zu sich. Abgesehen von der Anschuldigung, sich vom Gemeinschaftsleben entfernt und schulisch nachgelassen zu haben, wurden sie in bezug auf
die hartnäckigen Gerüchte befragt, deren Einzelheiten der Rektor
unterschlug, ohne es zu unterlassen, sie durch rhetorische Mittel zu
charakterisieren. Spatz und Abel verleugneten das, was sie in ihrem
Leben am meisten schätzten. Sie waren nach dem langen Verhör
und der anschließenden Predigt sehr eingeschüchtert. Als sie hin-

des Rausches zu nähern. Nur ihre Gemüter kannten die geheime Formel von soviel Faszination, von der nicht gesprochen werden kann, ohne sich in sinnlosen verbalen Versuchen zu verhaspeln. Besser also, jene Augenblicke als Erinnerung an ein legitimes inneres Geheimnis zu bewahren. Es gab jedoch einen Rest: fragwürdige äußere Eindrücke, die in zerbrechliche Metaphern gegossen werden könnten. Wie diese zum Beispiel: An jenem Nachmittag schien Abel die gleiche Schönheit wie Gott zu besitzen.

– **Und wie kam der beliebte Heilige Johannes vom Kreuz dazu, an diesem so besonderen Moment der Liebe Anteil zu nehmen?**

– Mittels Pater Marinho, seinem Sprecher. In der Nacht des Gründonnerstags ließ er das Gedicht »Gesänge zwischen der Seele und ihrem Gatten«, als Mysterienspiel dramatisiert, in Anwesenheit der gesamten Gemeinschaft in der Kapelle aufführen. Die Sänger, in Soutane und Chorhemd gekleidet, teilten sich in drei Gruppen: Eine interpretierte die verliebte Seele, die andere war der Geliebte Gatte und die letzte stellte die Geschöpfe dar. Spätzchen und Abel nahmen an der Gruppe der Geschöpfe teil, die wenig zu sagen hatte und mehr im Hintergrund der Kapelle blieb. So hatten sie mehr Zeit, auf die Schönheit des Gedichtes zu achten, das Wort für Wort begann, sie bis zu einem Punkt zu durchdringen, an dem es die bevorstehenden Ereignisse auslöste. Die Seele, die durch den Pfeil der Liebe Gottes getroffen worden war, verfolgte ihren Geliebten über Berge und durch Wälder und befragte die Geschöpfe, ohne zu wissen, daß der Gatte, vezweifelt vor Liebe, sie ebenfalls suchte. Dann gibt sich die Seele dem Gatten in den Höhlen und Obstgärten hin, zwischen gezähmten wilden Tieren und singenden Vögelchen. In den silbernen Stimmen der Kleinen, die diese Gruppe stellten, äußerte die Seele ihr Verlangen öffentlich und klar: »Laß kosen uns, Geselle, laß eins im andern Deine Schönheit finden laß uns zum Heim der Quelle, zu Berg und Hügel schwinden — bis in das Herz vom grünen Irr gewinden.«

Pater Marinho, der die Kinder sorgfältig eingeübt hatte, weinte während der Aufführung. Seine Träume von Schönheit verwirklichten sich bis an die Grenzen der inneren Rührung und äußerten sich in Form von Tränen. Für Spatz und Abel war es nicht mehr eine Sache von Tränenvergießen. All diese unablässig gefeierte und fast mit Ungestüm besungene Liebe suggerierte die Dringlichkeit, sie in Taten umzusetzen. Einer neben dem anderen, im Hintergrund der Gruppe stehend, faßten sie sich zuerst an den Händen und blieben so stehen, wobei sie intensive Schwingungen austauschten, die wieder einmal die Wechselseitigkeit zu durchbrechen versuchten. Sie versuchten es vergeblich: Die beiden Hände blieben ein Paar. Was konnte man machen, wenn nicht den Sprung tun und die Grenzen überschreiten? Dieses Mal war es Spatz, der, völlig von der Liebe Gottes besessen, die Herausforderung annahm. Die Ohren voll von jenem Liebesgirren des Heiligen Johannes, löste Spätzchen seine Hand und, schön langsam wie jemand, der sich nicht fürchtet und noch nie gefürchtet hat, steckte er sie in die Tasche von Abels Soutane und tastete, bis er seinen Schwanz fand — schon hartes Fleisch, gänzlich empfänglich für den Appell jenes seligmachenden Tages. Jemand bot an. Jemand nahm den wiedergefundenen Schatz in Besitz.

**- Und was tat Spätzchen in seinem Rausch?**

- Erst berührte er ganz leicht, denn das heilige Juwel schüchterte ihn zu Anfang ein. Dann wollte er eine wirklich fühlbare Erkenntnis. Er drückte zu. Und um die Identität des Schwanzes zu bestätigen, umfaßte er ihn fest. Er nahm in diesem Moment das in Besitz, was er als auf natürliche Weise sein empfand. Und dort blieb er wie jemand, der an den Anfang von allem gelangt.

**- Registriert das Gedächtnis Empfindungen?**

- Ja, vereinzelte. Anflüge von Schwindel und fast Zuckungen vor Wonne. Abel antwortete, indem er die Hand umfaßte, die umfaßte. Es war die Geste von jemandem, der fühlt, daß von nun an nicht mehr stehengeblieben werden konnte. Abgesehen davon, daß auch der Reiz, den der Heilige Johannes vom Kreuz mit seiner barocken Üppigkeit ausandte, nicht aufhörte.

**- Welche Ereignisse wurden da ausgelöst?**

- Wie schon gesagt, wurde der Rhythmus des Seminars völlig durcheinandergebracht, und die Gemeinschaft bekam nächtliche Aufga-

# Vom Heulen und Zähneknirschen

**- War sie traurig, die letzte Stunde der Liebe?**

- Spätzchen fand sie traurig und furchtbar.

**- Wie kündigte sich das Ende an?**

- In Zeichen, die Spätzchen auch ohne Absicht begann aufzufangen. Beispielsweise interpretierte und sah er die komplexen Verflechtungen des Endes mit einer neuen Schallplatte voraus, die Pater Marinho in jener Zeit erwarb. Musik zu hören war im übrigen eine der wenigen Aktivitäten, an denen Spätzchen noch mit Genuß teilnahm. Er ging in das Zimmer des Spiritualen, um in jenen merkwürdigen Gesängen, die »Carmina Burana« genannt wurden, unterzutauchen, wo er die Perversität, die Einsamkeit und die Magie wie eine einzige und unentwirrbare Sache miteinander vermischt fühlte. In seiner Ecke sitzend ließ er sich von den betörenden Akkorden durchdringen, die aus einer anderen Welt kamen, und die auf die Zeit des Jüngsten Gerichts wiesen, wo es Heulen und Zähneknirschen geben würde, aber keine Trompeten. Im Gegensatz dazu kündigte sich seine Apokalypse voll von jenen heidnischen Zymbeln und Trommeln an.

**- Gab es an diesem Ende Alpträume?**

- Ja, Alpträume, die Spätzchen nach dem Fest der Auferstehung bekam. Der letzten Stunde der Liebe gingen behaarte Insekten, Tausende von ekelhaften Kreaturen, die man aus dem Blick verlieren konnte, voraus: Ratten und Flügel von Fledermäusen, die vorbeirauschten; Spieße, die Sünder je nach ihren Sünden aufspießten; Klagen, spöttische Stimmen, die in makabre, absurde Klänge übergingen; aufgerissene, verschlingende Münder; Blut, das aus der Stelle floß, aus der Kot kommen müßte. Betrügerisch himmlische Zymbeln führten Teufel ein, die zischend vorbeizogen, mit langen Fingernägeln und einem riesigem Geschlechtsteil, aus dem eitriger Auswurf floß. Aber auch ein riesiges Horn anstelle des Geschlechtsteils. Oder aber eine Ebene von scheinbarer Schönheit, die angesichts der enthüllenden Nähe zu erschrecken begann: Wesen mit Wunden am ganzen Körper, vier Augen, Warze anstelle der Nase und Trommeln, die sinnlos schlugen und hohle Töne aus der Erde herausholten.

**- Und Schlangen, gab es glitschige Schlangen?**

- Viele. Viele Schlangen, die sich zum Klang der Zymbeln zusammenrollten, in einem falschen Frieden dahinglitten und sich dann fast kitzelnd um ihn wanden und dann begannen, seine Wirbel zusammenzudrücken, mit durchdringenden, aber melodischen Schreien. Und lose Köpfe, die zum Klang der Chöre, Zymbeln und Trommeln der heidnischen Carmina tanzten. Spätzchen erwachte erstickt vor Entsetzen.

**- Gab es auch Alpträume außerhalb des Schlafs?**

- Ja. Spätzchen begann, von der Nacktheit Jesu besessen zu sein.

**- Dachte er zum Beispiel an das Geschlecht Jesu?**

- Ja. Das Geschlecht Jesu und der Schwanz von Abel waren das gleiche: Eine rosige Blume, die von schwarzen, duftenden, mit Schweiß betauten Härchen umgeben war. Spätzchen sah es eingehüllt in Majestät, Licht und dem blutigen Sperma der Erlösung. Er konnte diese köstlichen Visionen, die ihn mit Entsetzen und Skrupeln füllten, nicht vermeiden.

**- Fürchtete er, kein Priester werden zu können?**

- Ja. Er hatte gelernt, daß eines der Zeichen, die die Berufung zum Auserwählten offenbarten, die Reinheit und der Nicht-Rückfall in die Todsünde waren. Abgesehen davon, daß er das sechste Gebot fürchtete, hielt er sich den Dingen der Welt für zu sehr zugetan - einer Welt, die jedesmal mehr Abel war.

**- Kehrte Spätzchen in seinen Bemühungen um Heiligung zur mystischen Versunkenheit zurück?**

- Ja. Aber diesmal meditierte er mit Selbstkasteiung und Schuld. Er verbrachte Stunden in der Kapelle und verehrte den gekreuzigten

Christus. Seine Verzauberung durch die Nacktheit mischte sich mit der fast körperlichen Nähe des Leidens Jesu.

**- Litt er mit Christus?**

- Spätzchen litt Trauer und Schmerz am Kreuz. Er zog sich auf der Bank der Kapelle zusammen und fühlte die Wunden klopfen und brennen, mit durchdringenden, grimmigen Stichen. Das war seine Art, sich zu trösten. Da er wußte, daß sich in der Passion und im Tod Christi das Geheimnis der Erlösung befand, wollte er leiden, um die Welt zu retten. In Wirklichkeit wollte er selbst vor Christus erlöst werden. Eine solche Stimmung würde keine größeren Sorgen hervorrufen, wenn Spätzchen nicht eines Nachmittags winselnd wie ein Tierchen vorgefunden worden wäre. Mit hilflosem und flehendem Blick in Richtung des Gekreuzigten winselte er leise in der Kapelle. Der Spiritual rief ihn und stellte ihm Fragen. Spatz hörte zu, aber er hatte nichts zu antworten.

**- Und Abel?**

- Abel war angesichts einer solchen Situation verlegen, erschrocken und unsicher. Er schrie Spätzchen sogar an und nannte ihn während eines Volleyballspiels, bei dem beide in der gleichen Mannschaft spielten und verloren, einen Schlappschwanz. Das war reine Nervosität.

**- War es für Spatz sehr schmerzhaft, dies aus dem Munde Abels zu hören?**

- Von unbeschreiblichem Schmerz. Auch deshalb, weil er darin ein weiteres Zeichen der allmählichen Distanzierung Abels bemerkte, ohne daß er die Motive verstehen konnte. Es scheint, daß es sich um einen Teufelskreis handelte: Je mehr Abel sich aus Angst vor Spatzens krankhaften Symptomen entfernte, desto merkwürdiger und trübsinniger wurde Spätzchen. Er wurde in den Pausen nicht mehr gesehen. Er isolierte sich im Studiersaal oder in der Kapelle und während gemeinschaftlicher Aktivitäten verbrachte er die Zeit in sich gekehrt, wie beim Musikhören oder den Reinigungsarbeiten. Seine schulische Leistung sank notorisch, so daß alle das Ende bezeugen konnten.

**- Und die Superiores?**

- Der Rektor rief ihn zu sich, um sich nach seiner Gesundheit zu erkundigen. Schließlich empfahl er ihm ein im Krankenzimmer verfügbares Stärkungsmittel. Kurz danach bekam Spätzchen starke Kopfschmerzen. Er befragte den Arzt, der ihm ein Beruhigungsmittel verschrieb. Aber die Kopfschmerzen blieben. In Panik flüsterte Spätzchen Abel zu, daß er Gehirnkrebs habe. Und wiederholte diese Geschichte bis zur Erschöpfung vor mehreren Freunden. Eines Tages fiel er während der nachmittäglichen Pause in Ohnmacht. Da beschlossen die Patres, ihn nach Hause zu schicken, wo er ungefähr zwei Wochen ausruhen würde.

**- Ruhte Spätzchen sich aus?**

- Spätzchen ertrug die Sehnsucht nach Abel nicht. Vier Tage später war er wieder im Seminar zurück, auf eigene Initiative und zur Überraschung aller. Er schwörte dem Rektor, daß er sich vollkommen wohl fühle, und lief los, um Abel zu suchen.

**- Was war da die große Überraschung?**

- Abel befand sich nach einem Fußballspiel im Geräteraum und raufte mit einem Grüppchen Spieler, sodaß er gar nicht zu bemerken schien, daß Spätzchen hereinkam. Er zog die Fußballschuhe und die Strümpfe aus und beklagte sich über ein paar schlecht durchgeführte Aufgaben. Mehr nicht. Spätzchen näherte sich — ausreichend, um den Duft frischen Schweißes auszukosten — und murmelte ein »hallo«. Zu seinem Schrecken drehte sich Abel weg und fuhr fort, jemanden auf der entgegengesetzten Seite anzulachen. Spätzchen blieb einige Sekunden wie angewurzelt stehen und weigerte sich, zu glauben, was er gesehen hatte. Er kam erst wieder zu sich, als die Stille den Geräteraum durchdrang. Alle hatten sich zurückgezogen, einschließlich Abel — der ihm keinen einzigen Liebesblick zugewandt hatte. Spatz lief los, erreichte die Gruppe, die auf den Waschraum zusteuerte, näherte sich Abel und fixierte ihn mit einem über-

raschendem Haß, der — er wußte nicht von wo — hervorzu-
quellen begann. Erst da blickte Abel ihn an und murmelte ein
so laues »hallo«, daß es besser gewesen wäre, wenn er geschwiegen
hätte.

**- Was fiel Spätzchen mitten in seinem Haß ein?**

- Dies: Man ist ewig verantwortlich für das, was man gefangen-
nimmt. Aber Abel schien schon nicht mehr für Spätzchen verantwortlich zu sein. Der Fuchs hatte sich geirrt.

**- Verstand Spätzchen, was geschehen war?**

- Er hatte den Verdacht, daß Abel begonnen hatte, sich vor ihm
zu ekeln. Aber er hatte kein Bedürfnis, danach weiter zu
fragen. Seine Wut und seine Eifersucht stiegen so heftig
an die Oberfläche, daß sie nach keiner Erklärung verlangten:
Der kleine Spatz João verwandelte sich von jenem Augenblick
an in ein Wesen, das vor Mordwünschen brodelte. Während der
folgenden Tage sah er Abel von weitem an — ein jedesmal weniger
verantwortungsbewußter Abel — und fühlte einen Groll
wachsen, der ihn mit unbekannten Kräften erfüllte. Er schaute
schweigend, ohne Eile. Sein Zorn erhob den Anspruch, göttlich zu
sein.

**- Hatte sich Abel von einem guten in einen rebellischen Engel
verwandelt?**

- Ohne Zweifel. Spätzchen fühlte sich verraten. Abel schien ihm ein
böser Engel, der gegen seine Liebe aus purer Käuflichkeit rebel-
lierte.

**- Wünschte er, diesen rebellischen Engel zu bestrafen?**

- Von da an gab sich Spätzchen völlig der Rache hin. Jene Liebe,
die sie gelebt hatten, war zu mächtig gewesen, um sie ohne
eine Gegenreaktion gleicher Intensität verloren gehen zu lassen.
Er wollte strafen, wild und berechnend, wie ein unbeugsamer und
weiser Gott.

**- Welche Strafe verdienten die rebellischen Engel?**

- Sie verdienten die Ausweisung aus dem Himmel und die Verdammung in die Hölle. Das war es, was Spätzchen beschloß. Es reichte, die richtige Gelegenheit abzuwarten.

**- Und wann tauchte diese Gelegenheit auf?**

- Fast eine Woche später. Der Rektor war wegen eines familiären Krankheitsfalles verreist. Genau in einer dieser Nächte fiel das Licht kurz vor der Schlafenszeit aus. Die Rauferei der Schüler brach im Studiersaal aus, wo einige begannen, im Dunkeln die Pultdeckel auf- und zuzuschlagen, und breitete sich bis in den Schlafsaal aus, wo sie sich wie in einem Fest verallgemeinerte. Niemand schenkte den Drohungen und vergeblichen Warnungen der Disziplinarpräfekten Beachtung, die in diesem Durcheinander kaum zu hören waren. Auch Pater Marinho versuchte einzugreifen, aber die Gemeinschaft hatte ihn in Sachen Disziplin nie ernst genommen. Als jemand herausfand, daß der gesamte Stadtteil im Dunkeln lag — wahrscheinlich wegen eines Defekts in irgendeinem Generator — fühlten sich die Schüler noch ungezwungener, und der Tumult begann, bis an die Grenze des Aufstandes anzuwachsen. Die Seminaristen schrien und liefen Türen und Fenster schlagend durch alle Winkel des Hauses. Viele hatten sich in den Waschräumen versammelt, alle Hähne geöffnet und bespritzten sich gegenseitig mit Wasser. Man konnte vom Teufel besessene Gestalten sehen, die in Sprüngen den Außenhof überquerten und das Echo durchdringender Schreie hinter sich ließen. Sogar die Nonnen kamen aus ihrer Unterkunft heraus wie erschrockene und angesichts der merkwürdigen Ereignisse bestürzte Tierchen. Im Schlafsaal der Großen war die Gaudi allgemein. Ohne jedes offensichtliche Motiv beschloß jemand, sich auszuziehen. Das war das Zeichen, das ausreichte. Innerhalb weniger Minuten liefen nackte Körper zwischen den Betten umher oder hüpften auf den Matrazen wie in einem großen, verrückt gewordenen Zirkus. Einer der Präfekten tauchte mit einer Taschenlampe auf, die ihm schnell konfisziert wurde, um in das Spiel integriert zu werden, so daß von da an ein spielerischer Lichtstrahl begann, das improvisierte Defilée nackter Körper zu begleiten und ihnen die Schamteile zu beleuchten. Das Gedächtnis wird dieses Spektakel, undenkbar in einer Institution, wo die vom Herrn Erwählten erzogen wurden, nie vergessen. Die Körper waren wie obszöne Irrlichter: Hintern, die auf die Zuschauer gerichtet aufleuchteten und sich plötzlich in der Dunkelheit auflösten. Oder flüchtige Schwänze, die zum Rhythmus wilder Sprünge auf- und niederhüpften, wenn sie nicht inmitten der Rufe und des Beifalls der Zuschauer auf provokative, laszive Weise befummelt wurden. Vorsichtshalber wurden die Gesichter nicht beleuchtet und erschienen nur, wenn sie aus Versehen in den Lichtkegel gerieten, hinter Armen versteckt oder von Kissen bedeckt. Als der zweite Disziplinarpräfekt atemlos mit einer anderen brennenden Taschenlampe hereinkam, hatte Spätzchen, bis dahin allem gegenüber geistesabwesend, einen flinken unkontrollierbaren Impuls. Ganz in Übereinstimmung mit dem allgemeinen Wahnsinn, bemächtigte er sich der Taschenlampe des Schlafsaals auf der Suche nach Abel, den er schon unter den nackten Körpern gesehen hatte. Er brauchte nicht lange, um ihn auf einem Bett genau in der Mitte des Schlafsaals zu finden, springend und kreiselnd, um seine Schönheit besser zur Schau zu stellen. Spätzchen fühlte im Hals, daß der Moment der Rache gekommen war. Vor heimlichem Vergnügen lächelnd fixierte er den Strahl nicht nur auf den nackten Körper und das Gesicht Abels, sondern begann, ihn ab dem Moment zu verfolgen, in dem Abel zu flüchten begann. Da konzentrierte sich das generelle Spektakel auf jenes Duell aus Licht und Schatten, durch das die Anwesenden im Überfluß feststellen konnten, wie schön der Hintern von Abel Rebebel war und wie schwarz seine Schamhaare. An der Taschenlampe festgekrallt blieb Spätzchen unerbittlich wie die um den Verstand gebrachte Rivalin irgendeines Liebesfilms. Wie er so in den Schatten getaucht war, könnte man sagen, daß er das versteinerte Gesicht einer vollkommen bösen Schauspielerin hatte. Und in jenem Augenblick hörte er wieder die perversen Akkorde der Carmina Burana, so als würden die Chöre, die spöttischen Stimmen und das Gekichere, die auf obszöne Weise mit den Zymbeln und Trommeln vermischt waren, aus dem Grunde seiner Seele hervorsteigen, dabei Haß ausspeien und eine fast vulkanische Bosheit ausstoßen. Abel versuchte, sich zu verstecken und begann, nervös den Pyjama anzuziehen, da der Lichtstrahl sich weigerte, ihn zu verlassen. Schlimmer war diese Korrektur: Alle konnten bezeugen, daß Abel Rebebel, nachdem er in die Enge getrieben und enthüllt worden war, durch einen grausamen, bösartigen, erniedrigenden Kampf besiegt worden war. Spätzchen fühlte sich so gerecht wie der Wächter der Tore zum Paradies mit seinem flammenden Schwert. Als der Tumult vorüber war, hielt er immer noch den Strahl auf das jetzt flehende Gesicht Abels gerichtet. Und als der Disziplinarpräfekt ihm die Taschenlampe aus der Hand nahm, hatte Spatz immer noch den starken Geschmack der Rache im Mund, die, einmal in Gang gesetzt, nicht mehr zum Stillstand kommen wollte.

**- Und sie versiegte nicht?**

- Nein. Während der glühende Haß weiterhin die Liebe maskierte, ging Spätzchens Rache auf geplante Weise weiter.

**- Und wie verwirklichten sich diese Pläne?**

- Gleich als er zurück war, ließ der Rektor die Großen im Studiersaal versammeln, um eine Stunde lang seinen Zorn über jene stummen und leichenblassen Gesichter hereinbrechen zu lassen. Den Ernst des Zwischenfalls in Betracht ziehend, der, außer sein Vertrauen zu verraten, für Knaben, die für das Priesteramt auserwählt waren, unwürdig war, versprach er die größtmögliche Strenge bei den Strafen. Und er forderte brüllend, bevor er sich dramatisch zurückzog, daß die Schuldigen benannt würden. Im Studiersaal stellte sich eine bedrückende Pause ein. Sekunden später wurde die Stille durch das Schleifen dreier Stühle gebrochen. Die zwei Präfekten und Spätzchen erhoben sich und gingen hinaus, direkt in Richtung des Rektorenzimmers.

**- War Spätzchen nicht dabei, die letzte Stunde der Liebe zu übereilen?**

- Nein. Die letzte Stunde ist ein Teil des Geheimnisses der Leidenschaft. In bezug auf Spätzchen war der einfach nur außer sich. Es war eine überströmende Liebe, die ihn direkt zum Rektor trieb, um diesem die Nacktheit Abels zu verraten und damit die Erzählung der Präfekten zu bestätigen. Am gleichen Tag vollzog sich die Rache. Abel wurde zum Rektor gerufen, der ihm seinen sofortigen Hinauswurf aus dem Seminar mitteilte.

**- Fühlte sich Spätzchen zufrieden?**

- Wie konnte er? Er hatte sich von allem Haß reingewaschen und seine Teufel besänftigt, in der Tat. Aber er fand das Gegenteil des Friedens, als er sich dem Fluch einer unerträglichen Wahrheit gegenübersah.

**- Welche Wahrheit war in jenem Moment so furchtbar?**

- Die offensichtlichste: Weder war Abel schuldig noch würde Spätzchen von da an seinen Anblick genießen können. Die Rache vollzogen, blieb mitten im Herzen von Spätzchen ein Panorama unvermeidlicher Ruinen und völliger Trümmer übrig. Da kam die Reue an die Reihe. Spätzchen verbrachte zwei schlaflose Nächte, von Schuldgefühlen gequält. Er fühlte sich ewig verantwortlich für das, was er gefangengenommen hatte.

**- Und Abel?**

- Abel ging in den darauffolgenden Tagen in den Stand der Unansprechbarkeit über, während er darauf wartete, daß seine Eltern ankämen, um ihn abzuholen. Da er nicht mehr als Seminarist angesehen wurde, mußte er vollständig am Rande des Gemeinschaftslebens bleiben, nach allen anderen essen und in einem Gästezimmer wohnen. Ebenso war es den Schülern auch verboten, mit ihm zu sprechen und sogar, sich ihm zu nähern.

**- Was für Ereignisse waren es, die auf das Ende hinwiesen?**

- Besonders einige Schüler wurden bestraft, und die gesamte Gemeinschaft erlitt die Aufhebung mehrerer Vergünstigungen. Aber nachdem der Anfangsschock vorüber war, integrierte sich der Ausschluß Abels in die Routine wie ein Verbrechen, das seine verdiente Strafe erhält. Es stimmt, daß viele den Abgang aus der Fußballauswahl beklagten. Aber das war alles. In jenen letzten Tagen litt Spätzchen an furchtbarer Einsamkeit. Tief aus seinem Inneren drängte es ihn, vor dem unumkehrbaren Ausgang der Ereignisse mit Abel zu sprechen.

**- Warum mußte er so dringend mit Abel sprechen?**

- Weil er an mehreren Arten von Schmerz litt, die nur Abel würde lindern können. Er wollte die Sehnsucht nach ihm stillen und ihn tausendmal um Verzeihung bitten. Er wollte sich in alle Ewigkeit als Liebender, Sklave und Weib erklären. Er wollte alles von neuem beginnen, auf die Art, die Abel vorzöge. Und wenn der Aufbruch wirklich unvermeidbar wäre, brauchte Spätzchen den Segen Abels, so wie es der Engel mit Jakob nach dem Kampf gemacht hatte. Er hatte den Verdacht, — und litt noch mehr — daß der Engel im Stillen aufbrechen würde, vielleicht, weil beide Gegner besiegt aus dem Kampf hervorgegangen waren. Dieser Verdacht gab Spätzchen das Gefühl, verloren auf der Welt zu sein. Ohne Abel verwandelte er sich in ein elendig verlassenes Wesen.

**- Versuchte Spatz, die Unansprechbarkeit Abels zu durchbrechen?**

- Er versuchte auf verschiedene Weise, mit Abel zu sprechen. Er umkreiste das Gästezimmer wiederholt und zu verschiedenen Zeiten in dem Versuch, ihn zu besuchen, sogar auch nachts. Aber jedesmal wurde er von den wachsamen Präfekten abgefangen. Dann verbrachte er die Zeit damit, von weitem die Figur Abels zu begleiten, und sein Herz zog sich zusammen, wenn er ihn nach der gemeinsamen Essenszeit allein ins Refektorium gehen sah. Der Keller verwandelte sich in seinen Hauptzufluchtsort und -Beobachtungsposten. Von dort bewachte er die fernen Bewegungen seines vertriebenen Gärtners.

**- Wie stellte Spätzchen sich die Abwesenheit Abels vor?**

- Wie den Anblick der Hölle, wo man ewiges Feuer und unbeschreibliche Übel erleiden würde.

**- Und was für furchtbare Übel waren das?**

- Alle bedeuteten den Verzicht auf Abel, denn seine Abwesenheit konnte mit dem Tod gleichgesetzt werden und sein Verschwinden entsprach dem Nichts, da Abel alles war. Deshalb entwarf Spätzchen, während er dort im Keller versteckt war, extreme Pläne.

**- Was waren das für Pläne?**

- Der Tod Abels und sein gleichzeitiger Selbstmord. Er neigte am meisten dem Feuer zu: Er würde das Zimmer Abels anzünden und mit ihm sterben. Am Ende entschied er sich dafür, eine Nacht im kalten Regen des Herbstendes zu verbringen. Und das tat er, aufrecht mitten auf dem Fußballfeld. Dort, von der Verzweiflung durchnäßt, wünschte er sich eine Lungenentzündung, um aus Liebe zu sterben — wie in den alten Dramen, vielleicht.

**- Und der verhängnisvolle Tag, wann kam er?**

- Am selben Tag des Selbstmordversuches bemerkte Spätzchen merkwürdige Bewegungen in der Gegend des Gästezimmers. Er lief in den Besuchersaal und sah ein altes Ehepaar, das trübselig wartete. Eilig kehrte er in den Keller zurück und konnte mit in der Dunkelheit blitzenden Augen noch den Spanischen Gärtner sehen, wie er vom Rektor und den beiden Präfekten der Großen eskortiert, mit den gleichen alten Koffern abreiste. Spätzchen sah die bekannte Szene wieder: Abel würde versuchen, zu flüchten und am Ende unter den Kugeln der Polizei sterben, aus Liebe zu seinem Knaben. Dann erschien ihm der Film zu grausam, genau deshalb, weil er es war, der übrig blieb — der kleine Nicolas und der *Kleine Prinz*, unheilbar auf seinen einsamen Planeten zurückgeworfen.

**- Weinte Spätzchen?**

- Die Zeit der wohltuenden Tränen war vorbei. Diesmal konnte er nur Tränen weinen, die noch trauriger machten. Jene Zeit neigte eher zu Qual und Zähneknirschen.

**- Was tat er dann?**

- Er lief in den Studiersaal, holte die Hefte seines Tagebuchs und versteckte sich im Eukalyptushain, wo er lange Zeit hocken blieb und sich davon zu überzeugen versuchte, daß Abel wirklich verschwunden war. Danach zerriß er die Hefte in kleine Stücke, machte einen Haufen mit trockenen Blättern und zündete ihn an. Von dort lief er direkt in den Keller, wo er begann, den Kopf mit Wucht gegen die Wand zu schlagen und den Namen Abels zu schreien.

**- Und auf welche Weise verwandelte sich dieser in einen für alle unruhigen Tag?**

- Abends stand der Eukalyptushain in Flammen und schuf Reflexe der Apokalypse am grauen Himmel. Es gab ein großes Durcheinander im Seminar. Die Schüler rodeten die Ränder des Eukalyptushaines aus, um das Feuer zu isolieren und liefen mit Wassereimern, die kamen und gingen, kreuz und quer. Der Fußballplatz verwandelte sich in einen vollständig von Flammen umhüllten Kreis, brennender Raum jener jungen Lieben, die Berge versetzen wollten. Als die Feuerwehr eintraf, gab es nicht mehr viel zu tun, auch deshalb, weil inzwischen ein feiner Regen fiel. Am nächsten Morgen bot sich eine jetzt nüchterne und melancholische Landschaft: ein kahler Fußballplatz und, darumherum, geschwärzte und noch rauchende Stämme. Knochenhaufen auf einem Friedhof.

**- Und Spätzchen?**

- Er kam nicht dazu, irgendetwas davon zu sehen. An diesem gleichen Morgen wurde er bewußtlos im Keller gefunden. Sein Kopf war verletzt und seine Haare hart von geronnenem Blut. Er wurde in das Krankenzimmer gebracht, wo er versorgt wurde und erst abends mit fürchterlichen Kopfschmerzen erwachte. Von da an sagte er kein einziges Wort mehr. Er verbrachte zwei Tage mit weit aufgerissenen Augen, weigerte sich zu essen und schlief nicht. Eines Nachts fand ihn einer der Präfekten, wie er im Pyjama und mit verbundenem Kopf auf dem Außenhof umherstreifte. Pater Marinho kam ihn besuchen. Obwohl er den Ursprung des Leidens kannte, wagte er es nicht, etwas zu erzwingen. Er stellte banale Fragen, versuchte zu trösten, zwang ihn, ein bißchen Milch zu trinken. Spätzchen blieb stumm. Minuten später erbrach er die Milch in kurzen, stillen Krämpfen. Am Nachmittag des darauffolgenden Tages fand ihn der Krankenpfleger am ganzen Körper von heftigen Zuckungen geschüttelt vor, wie ein vom Teufel Besessener. Er entdeckte, daß das ganze Bett vollgepinkelt war. Diese Nachricht beunruhigte den Rektor, der einen Arzt holen ließ, welcher einen Zustand von Prä-Koma diagnostizierte. Spätzchen wurde eiligst ins Krankenhaus überführt, wo er einige Tage blieb, bis er sich erholt hatte. Von dort wurde er direkt zu seinen Eltern weitergeführt, wo er Wochen in absoluter Ruhe verbrachte, während der er Vitaminspritzen und leichte Schlafmittel bekam, da seine Schlaflosigkeit anhielt. Er kehrte nie mehr in das Seminar zurück.

**- Was war seine letzte Erinnerung von diesem trüben Abschied?**

- Auf der Bahre, während er den Mittelgang in Richtung Ambulanz überquerte, hatte Spätzchen den verschwommenen Eindruck, Glockenläuten zu hören. Es schien das ferne Läuten des Angelus zu sein, aber Spätzchen erfuhr es nie mit Sicherheit. Dies war die letzte Erinnerung an jene Zeiten.

*Missa Est*

Vielleicht erwache ich aus einem Traum. Aber dies ist nicht das Läuten des Angelus. Es scheinen eher die Glocken für die Frühmesse. Das Licht von draußen dringt ins Zimmer. Der blühende Schädel vor mir hat seinen Zauber verloren. Ich sehe nur eine geschmacklose, in einem undefinierbaren Grün emaillierte Keramikvase. Die Lilien scheinen durch das Gewicht der schlaflosen Nacht gebeugt und verströmen jetzt einen verbrauchten Duft.

Während ich mir das Gesicht im angrenzenden Badezimmer wasche, fällt mir ein, daß Abel vor vielen Jahren in einem dieser Zimmer exiliert war, vielleicht in demselben, das ich jetzt belege. Wer weiß, was er dachte, was er litt, auf welche Weise er gehaßt haben könnte. Ich betrachte mich im Spiegel. Vor mir ist ein Spätzchen mit den Zeichen der Zeit in den trüben Augen, den hängenden Wangen und den Furchen, die beginnen, sich der gesamten Fläche des Gesichts zu bemächtigen. Ein betäubtes Wesen.

Ich blättere in der Heiligen Theresa. Oh Leben, Leben! Wie kannst du bestehen, wenn du von jenem abwesend bist, der dein Leben ist?

Um welchen Gott handelt es sich, was für Ausrufe sind das, welche Liebe kann so sehr brennen? — frage ich mein Ebenbild.

Ich trete der Außenwelt entgegen. Die Sonne leuchtet und formt die gleichen symmetrischen Schatten wie vor dreißig Jahren. Ich gehe bis zum Innenhof. Wo es einen reichen Garten gab, finde ich jetzt Löcher ausgetrockneter Erde. Reste von Beeten. Verlassene Pflanzen. Loses Gebüsch.

Die Waisen kommen in einer Reihe an. Sie sind jünger als ich angenommen hatte. Sie gehen auf dem Weg ins Refektorium schweigend an mir vorbei, von zwei Laienbrüdern bewacht. Ich ahne, daß jeder dieser Knaben meine Anwesenheit genauestens registriert. Sie haben den Kopf zu mir gedreht, während sie vorübergehen. Einige schauen sogar starr zurück. Sie lächeln nicht, aber die Augen blitzen. Irgendetwas Gefährliches ist an ihrer Art, als wenn sie mich begehrten und sofort in Besitz nehmen wollten. Ich fühle eine unbestimmte, aber schneidende Aggressivität in der Luft. Zittern durchläuft meinen Körper.

Ich streife ziellos über den Außenhof. Streiche über die Steine der häßlichen Säulen. Sie sind von der Zeit zernagt und an vielen Stellen schwarz. Vergebens versuche ich, die Berührung der Vergangenheit zu erfühlen.

Ich spaziere am Eukalyptushain entlang. Die Bäume sind hoch und grün. Aber ich habe den Eindruck, an einigen Stämmen versengte Stellen zu sehen und Reste von Schwärze an den Stümpfen, die zwischen dem Gras übriggeblieben sind. Reine Illusion, denke ich. In all diesen Jahren hat sich der Eukalyptushain vollständig erneuert.

Als ich auf den Innenhof zurückkehre, kommen die Waisen aus dem Refektorium, immer in einer Reihe. Gleich nach dem Pfiff eines der Brüder verwandeln sie sich in schreiende Maschinen und kommen wie ein Schwarm auf mich zugelaufen. In einigen Sekunden bin ich von Kindern umgeben, die mich einpferchen. Ich sehe mich in dem Versuch, wie ein mitleidiger Erwachsener zu lächeln. Von allen Seiten werde ich gestoßen. Sie drängeln und streiten sich um mich und strecken mir ihre sehnsüchtigen oder flehenden Hände entgegen: »Nimm mich auf den Arm«; Ich hebe eines der Kinder hoch. Seiner Freude gelingt es nicht, ein Lächeln zu formen. In dem kleinen Gesicht sehe ich eher eine Grimasse aus Schrecken vermischt mit Wonne, die ihm den Atem nimmt. Das entsetzt mich. Das Kind will vor Wonne schreien, aber kann nicht. Als ich es auf den Boden zurücksetze, werde ich von Dutzenden wilder Krallen angegriffen. Ich nehme eins und noch eins und noch eins auf den Arm. Oben deuten sie alle den gleichen Ausdruck von Wonne an, der ihnen den Mund auf bizarre Weise weit aufreißt und ihnen den Atem nimmt, wenn ich sie umarme. Einige begnügen sich damit nicht und wollen es wiederholen. Ich merke, daß sie aggressiver werden. Sie kämpfen unter sich und streiten sich um einen meiner Momente, ein Stück von mir. Ich setze meine Aufgabe fort, ohne zu wissen, ob ich gerührt werden oder vor Entsetzen schreien soll. Ich hebe ein anderes und noch andere auf den Arm, immer beharrlich gestoßen und gezogen. Ich fühle, daß mein Hemd auf dem Rücken zerrissen ist und daß fünf Fingernägel sich in die Haut bohrten, um mich zu besitzen. Ich beginne, vor diesen vor Verlangen blitzenden Augen, ausgestreckten Armen und fast irrational ausgestoßenen

Schreien Angst zu bekommen: »Jetzt ich;«, »Und ich?«, »Nimm mich;«, »Ich will auch;«. Einige weinen schon. Als ich bemerke, daß ich hier der Festschmaus bin, bekomme ich Panik. Genau als ich daran denke zu schreien, werde ich von einem der Brüder gerettet, der sich in meine Richtung durchkämpft.

Was hat er gesagt? Was habe ich gehört, hier ganz nah am Ohr? Eine Freudsche Fehlleistung oder Delirium der Einbildung, denke ich bei mir. Und, so aufs Geratewohl, komme mir einige Verse unserer Theresa in den Kopf: *Mein Geliebter ist für mich, und ich bin für meinen Geliebten.* Es sind die ersten Worte, die mir einfallen, bevor ich noch einmal frage: Wer würde mich an diesem Ort aufsuchen?

- Abel Rebebel, wiederholt der Bruder Pförtner sachlich.

Ich denke daran zu antworten, daß Abel von meiner Rückkehr nicht unterrichtet ist. Aber ich bemerke rechtzeitig die Lächerlichkeit meiner Bemerkung. Ich reiße im Gegenteil den Mund in dem Versuch auf zu fragen: Wo? Aber ich weiß nicht, ob ich es vorziehen würde, zu wissen: Warum? Oder, mehr noch: Wie? Jedenfalls überschlage ich mich mit den Fragen:

- Ist es jener Abel?

Im Besucherzimmer. Jemand wartet. Und läßt ausrichten, daß er Abel Rebebel heißt.

Plötzlich kehre ich zurück. Wie jemand, der fällt, betrachte ich mich von weitem selbst. Ich sehe mein Doppel im großen Spiegel einer Welt reflektiert, in der sich die Kehrseite dieses zu lange zu ernst genommenen Scheins abspielt. Jetzt diskutiere ich nicht mehr: In der Vorhalle wartet ein gewisser Spanischer Gärtner auf mich. Ohne Angst vor der Rührung meines anderen Ichs denke ich: Abel ist hier, nach so vielen Jahren. War unser Pakt, Abel, so ernst?

Die Kinder haben sich entfernt. Jetzt brüllen sie, über den Außenhof verteilt, während meine Innenwelt sich in der objektiven Landschaft spiegelt und ich bei der Betrachtung des Zweifels verweile: Ob Abel nach so langer Zeit zurückgekehrt war? Oder ob er vor den Toren des Paradieses all diese Jahre auf mich gewartet hatte, mein geliebter Abel? Wer hat dieses Treffen verabredet? Warum? Plötzlich erschaudere ich, schon in der Halluzination verloren. Ob Abel zurückgekehrt war oder hartnäckig gewartet hatte, ist unwichtig. Jedenfalls ist er gekommen, um sich zu rächen. Im Besucherzimmer erwartet mich eine fürchterliche Strafe. Nicht, um mit Liebe zu verwunden, sondern um dem, der verriet, den Stoß der Rache zu versetzen. Ich versuche, mich vor dem Doppel zu verteidigen. Versuche, zugunsten meiner Liebe Argumente zu sammeln. Erinnere ihn daran, wie auch ich litt, wie ich zurückgestoßen wurde. Ich will mich vorbereiten, um Abel davon zu überzeugen, daß ich nicht schuldig bin.

Der Bruder klopft mir auf die Schulter und drängt. Der Gewisse ist im Besucherraum und wartet. Ich bemerke, daß ich mich noch nicht einmal von der Stelle bewegt habe.

Ich spreche seinen Namen als magische Anrufung aus und höre ein Echo, vielleicht Teil der Halluzination. Dann beginne ich, in Richtung Abel zu gehen, oder was immer es auch sein mag. Ich höre Stimmen, viele hartnäckige Stimmen. Die eine Hälfte von mir hat Angst. Die andere Hälfte liebt es, Abel zu fürchten.

Auf dieser Wanderung erobert mich irgendeine alte Sache zurück. Wenn auch schwerfällig, sehe ich mich den Hof überqueren, von Zweifeln gebeugt, die mich aus der Ruhe bringen, wie ein Jungfräulein auf dem Weg in die Hochzeitsnacht. Werde ich am Ende des Korridors wirklich einen gewissen Abel antreffen?

Ich sinke noch mehr in den Brunnen, in diese neue Wirklichkeit, die zum Spiegel geworden ist. Es gibt klitzekleine Kobolde, die mich bewachen. Es gibt konfuse, besitzergreifende mystische Erinnerungen. Ich scheine zu beten, denn die Leidenschaft schmerzt von neuem. Auf dem Grund meines flehenden Ichs schmieden neue Heiden, geheiligt und evangelisiert, ihre vor Liebe wahnsinnigen Verse, die ich zu den meinen mache, der ich nicht weiß, wer ich bin und nicht mehr erstrebe, denn welches Leben kann ich leben, abwesend von dir?

- Bruder, sagen Sie Abel, daß er warten soll — höre ich mich sagen.

Ich möchte mich vorbereiten, mich schön machen. Aber es ist

schon keine Zeit mehr. Voller Angst schreie ich in die Nacht, oh Nacht, die du mir den Weg weisest, süßere Nacht als das Morgenrot, Nacht, die du Lieben zusammenführtest, verwandele jetzt einen in den anderen, oh du verklärte Nacht. Warum. Ich habe nicht irgendeinen Beruf. Mein Handwerk ist es zu lieben.

Ich beeile mich, ohne sicher zu sein, ob ich nicht verrückt bin. Welche Waffen wird die Liebe Abels benutzen? Mit welchen Liebkosungen wird sie mich vernichten? Warum verbarg sie sich so lange und ließ mich wimmern, nachdem sie mich verwundet hatte? Als ich mich am Ende des Hofes die Treppe hinaufsteigen sehe, bemerke ich, daß diese meine furchterfüllte Liebe aufleuchtet und flackert, aber nicht wie ein Lämpchen, sondern wie eine apokalyptische Fackel. Hinter mir fühle ich irgendetwas, das die Hölle suggeriert, zu nah, zu heiß. Oder habe ich die Flammen der Ewigkeit verinnerlicht? Ich sehe mein Doppel, das danach schielt. Und verliere fast den Atem, als ich ahne, daß die innere Hölle von außen kommt. Da befehle ich mir, nicht zu widerstehen: Als meine Füße oben auf der Treppe ankommen, zwinge ich mich, Mut zu sammeln und drehe das Gesicht nach hinten, in Richtung Hof. Es ist kein bißchen Hölle da, sondern reine Feier. Meine Haut brennt unter dem Reflex der Flammen, die so wirklich sind, daß sie Stahlplatten scheinen, die die Augen dessen, der ich bin und der sprachlos und verliebt dort steht, durchbohren. Fünfundzwanzig Jahre später brennen die Eukalyptusbäume noch einmal und bilden einen Feuerkreis rund um den Fußballplatz. Ich fühle, wie die Beine erschlaffen und dieser, der meinen Körper hat, fast zusammenbricht, hin- und hergerissen zwischen Rührung und Faszination. Im Schein der Flammen laufen die Waisen orientierungslos durch die Gegend, vielleicht auf der Flucht, vielleicht von der gleichen Liebe besessen, die jedes Teilchen Luft durchdringt und dabei Schranken durchbricht, die Geschichte aufhebt, Schicksale umkehrt. Ich höre Pfiffe, Glocken und durchdringende Schreie wie menschliche Zymbeln. Ich achte auf das, was diese meine Ohren nach und nach unterscheiden: Die Stimmen wiederholen im Chor immer das gleiche. Zauberformel, die alles umwälzt. Ich nehme am Chor teil. Höre meinen eigenen Klang, wie er sich rufend entfernt. Und bekomme ihn zurück, diesen Schrei, der aus dem Inneren dessen herauskommt, der ich bin, ohne daß man wüßte, welcher.

- Abel. Abel Rebebel.

Ich habe den Eindruck, in der Mitte eines uralten Festes zu sein. Und sie sind wie laute Gebete, diese Wiederholungen eines immer gleichen Namens. Ich höre mich um Gnade flehen, weil ich soviel Liebe nicht ertrage, und sehe meinen Körper, wie er, bewegt durch den Namen Abels, der aus irgendeinem geheimnisvollen Punkt auf dem Grunde meiner Selbst oder des Raums emporsprießt, fast rennt. Leben, sei nicht gemein, denke ich da mit höchstem Mut. Erinnere dich daran, daß dir nur noch fehlt, dich zu verlieren, um dich zu gewinnen. Komm gleich, oh süßer Tod, laß nicht auf dich warten, denn ich sterbe, weil ich nicht sterbe. Wenn ich aus Liebe sterben sollte, muß ich mich beeilen.

Jener, der sich in Richtung Pförtnerhalle stürzt, bin ich, Produkt reinster Liebesglut. Ich werde mich draußen vor dem Paradies mit einem Engel mit großen wogenden Flügeln treffen. Ob Rächer der Liebe oder Ewiger Gatte ist unwichtig. Jetzt sind wir schon ausgetauscht.

In Kürze werde ich mein geheimes Zentrum erreichen.

# Bemerkung

Der Autor muß sich beim Leser entschuldigen und gestehen, daß ihm der Ausgang des Dramas unbekannt ist.

Sind es die Ungewißheiten der Fiktion? Gedächtnislücken? Vielleicht.

(Paulicéia/Mauricéia/Filipéia),
April/August des Gnadenjahres 1982

Eukalyptushain

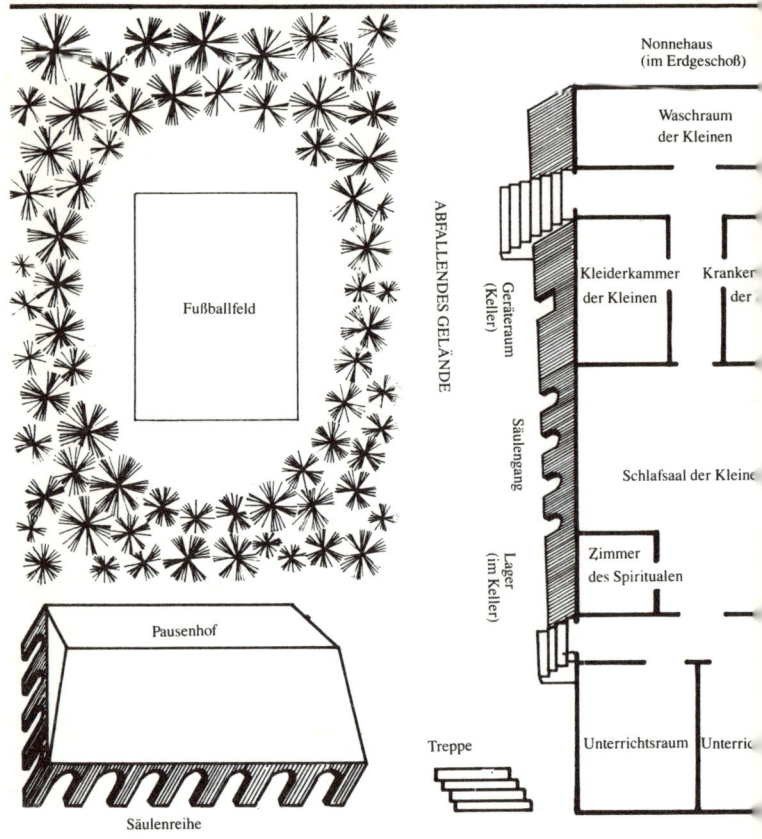

Fußballfeld

ABFALLENDES GELÄNDE

Nonnehaus
(im Erdgeschoß)

Waschraum
der Kleinen

Geräteraum
(Keller)

Säulengang

Kleiderkammer
der Kleinen

Kranker
der

Schlafsaal der Kleine

Lager
(im Keller)

Zimmer
des Spiritualen

Pausenhof

Treppe

Säulenreihe

Unterrichtsraum    Unterric

OBERER PAUSENHOF

MAUER DER VORDERSEITE

MAUER DER RÜCKSEITE

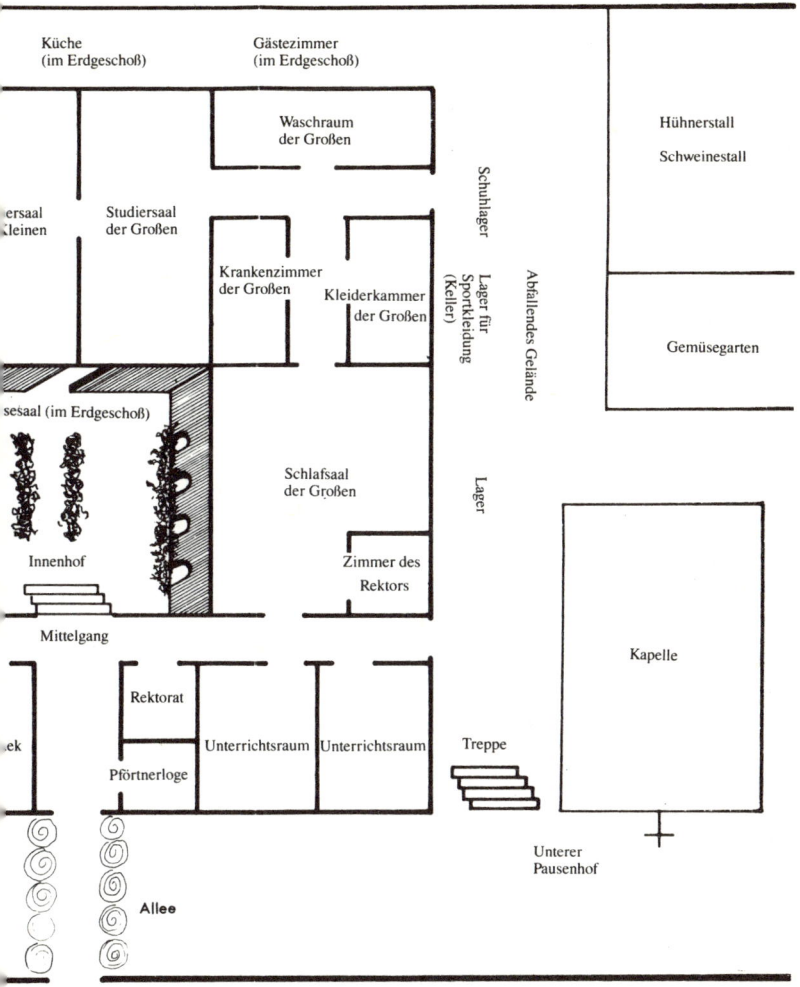

Küche
(im Erdgeschoß)

Gästezimmer
(im Erdgeschoß)

Waschraum
der Großen

Hühnerstall

Schweinestall

...ersaal
...leinen

Studiersaal
der Großen

Schuhlager

Krankenzimmer
der Großen

Kleiderkammer
der Großen

Lager für
Sportkleidung
(Keller)

Abfallendes Gelände

Gemüsegarten

...sesaal (im Erdgeschoß)

Schlafsaal
der Großen

Lager

Innenhof

Zimmer des
Rektors

Mittelgang

Kapelle

...ek

Rektorat

Pförtnerloge

Unterrichtsraum

Unterrichtsraum

Treppe

Unterer
Pausenhof

Allee

# BRUNO GMÜNDER

## LITERATUR

*Renaud Camus*
**TRICKS**
Erzählungen, 2 Bände, je 224 Seiten.
Je DM 19,80

*John Fox*
**DIE JUNGS AUF DER KLIPPE**
Roman. 168 Seiten.
DM 19,80

*David Galloway & Christian Sabisch (Hrsg.)*
**CALAMUS**
Männliche Homosexualität in
der Literatur des 20. Jahrhunderts.
Eine Anthologie. 400 Seiten.
DM 22,—

*Andrew Holleran*
**TÄNZER DER NACHT**
Roman. 240 Seiten.
DM 22,—

*Klaus Mann*
**DER FROMME TANZ**
Roman. 160 Seiten.
DM 24,—

*Christian Pierrejouan*
**MS**
Ein Bericht. 239 Seiten.
DM 24,—

*Gustavo A. Gandeazábal*
**DER GÖTTLICHE**
Kolumbianischer Roman.
209 Seiten.
DM 24,80

Fordern Sie unseren kostenlosen Bildprospekt an!
BRUNO GMÜNDER VERLAG · Lützowstraße 106 · 1000 Berlin 30